Comida de domingo

JOSÉ LUÍS PEIXOTO

Comida de domingo

Traducción de Antonio Sáez Delgado

RANDOM HOUSE

Papel certificado por el Forest Stewardship Council®

MIXTO
Papel procedente de fuentes responsables
FSC® C117695

Penguin Random House Grupo Editorial

Título original: *Almoço de Domingo*

Primera edición: abril de 2023

Traducción subvencionada por DGLAB/Culture y el Instituto Camões

Printed in Spain – Impreso en España

ISBN: 978-84-397-4166-4
Depósito legal: B-2.790-2023

Compuesto en La Nueva Edimac, S. L.
Impreso en Liberdúplex
(Sant Llorenç d'Hortons, Barcelona)

RH41664

ÍNDICE

26 de marzo de 2021

1

Despertó sin edad. Se acordó del cuerpo, pero no movió un dedo. Sintió la ropa de cama, fundida con aquella hora de la madrugada, pero no abrió los ojos. Arropado con el embozo, prefería la oscuridad a la penumbra o, aún peor, a los números modernos y antipáticos del despertador electrónico. Los párpados le parecían ligeros, del mismo modo que le parecía ligero el mundo en aquel instante, el silencio sobre el pueblo, el aire limpio que inspiraba y que lo liberaba por dentro. No movió un dedo ni ningún músculo, estaba seguro. Sabía que envejecer es acumular dolores: empiezan doliendo ciertos gestos, ciertos movimientos, darse la vuelta de repente, agacharse para atarse los zapatos; después, duelen las acciones más habituales, sentarse, levantarse, andar; hasta que, al final, duele todo, duele estar, duele existir.

Esos eran los dolores que no sentía allí. Estaba como en la mocedad o, al menos, estaba como cuando desconocía determinadas quejas. Acostado, alababa la utilidad de la ignorancia y, sin querer entregarse a una excesiva ingenuidad, casi creyó que podía haber rejuvenecido de repente. Era una posibilidad, quién sabe, a lo mejor. Ya había sido testigo de fenómenos mucho más imprevistos. Si le ofrecían aquel negocio, estaba dispuesto a aceptarlo de inmediato, aunque jamás se mostrase demasiado ansioso, hacía mucho que conocía las reglas de las transacciones económicas. En todo caso, por precaución, permanecía inmóvil, mantenía la posición.

Se acordó de las gafas de Marcello Caetano. Y se hizo un lío, pasó un segundo o lo que pareció un segundo. Se acordó del olor avinagrado de la masa de las *farinheiras*, y quiso seguir con aquel recuerdo, la masa blanca que reposaba en dos barreños, trocitos de grasa brillantes, su madre y dos mujeres sentándose alrededor del primer barreño y, con las uñas bien cortadas, llenando las tripas, y la masa de las *farinheiras* en el dorso de las manos, llegando casi a las muñecas, la metían con los dedos por un pequeño embudo de aluminio y, a través de ese instrumento, en las tripas, que no se llenaban del todo hasta que se ataban con las cuerdas, y su madre levantando la cara, fijándose en él, su hijo, llamándolo, llamándolo de nuevo en el interior de aquel recuerdo. La voz de su madre venía de lejos y, sin embargo, le costaba diferenciarla de sí mismo. ¿Dónde estaba la voz de su madre en aquel instante? Y repitió el recuerdo de su madre llamándolo, el olor avinagrado de la masa de las *farinheiras*.

Era un hombre acostado. Como si, al perder la edad, hubiera perdido una parte de su nombre. Disfrutaba de una sencillez que había olvidado durante largas temporadas. Como si se hubiera librado de una carga invisible, tal vez la mirada que le dirigían las multitudes cuando llegaba, tal vez el peso del respeto, señor comendador, señor comendador, era un hombre acostado. O sea, mantenía su nombre, siempre se negó a ser anónimo, llevaba su nombre entrañado, pero había perdido el peso que le había añadido el tiempo. Mantenía la historia pero, increíblemente, como un misterio de aquella hora de la madrugada, el peso que le sobrecargaba los huesos había desaparecido.

Aprovechó aquella libertad, sonrió por dentro. Esencial, reducido al ser o, con más rigor, ampliado en él, siguió la reverberación inmaterial que ocupaba y amplió su presencia a la casa, silencio formal, ceremonioso, salpicado por crujidos aleatorios en la distancia de maderas quejosas. Tumbado en la cama, en la vasta oscuridad de los ojos cerrados, avanzó por pasillos, entró en habitaciones que, a pesar del paso de los años, le seguían pareciendo nuevas. Recordó el momento en que fueron proyectadas y edificadas; con la misma facilidad, podría haber recordado el tiempo en que solo las imaginaba. No quiso acostumbrarse nunca a aquella propiedad, dejar de apreciarla, perder la sensibilidad, aquella era una buena casa. Y atravesó las paredes, muros, puertas, portones, o atravesó una idea con el mismo grosor, y lanzó su sentido por las calles del pueblo. Se sabía todas las calles, tanto las más antiguas, retorcidas por los siglos, calcorreadas por gentes y gentes, sombras sacrificadas, como las más modernas, que aún olían a cemento. Si fuese necesario, no le costaría caminar por Campo Maior en la noche más negra, sin luna, sin iluminación pública, con los ojos cerrados. En tiempos, había puesto la palma de la mano bien abierta sobre la cal, sintiendo las diferentes capas. Conocía episodios sucedidos en todos los rincones del pueblo, algunos los había presenciado, salpicado por la realidad, y había vivido una parte aún más importante. Y sonreía con fuerza renovada al sentir el frescor de algunas calles, la brisa que soplaba entre las fachadas, erguidas a un lado y al otro, puertas abiertas o solo entornadas, el pestillo abierto, ropas tendidas de gente que conocía bien, voces preparando la cena, braseros esparcidos en los anocheceres de marzo, avivando las brasas para la sobremesa. ¿A qué año pertenecerían esos marzos?, esa era la pregunta que no se hacía, prefería analizar el aroma de las hojas del naranjo, llegado de algún patio, de algún huerto, ya quizá de camino al campo y, de esa forma, escuchaba el sonido de las botas pisando la tierra, hierbas de marzo o, más probablemente, hierbas sin mes y sin año. Si continuase en esa dirección, tardaría poco en llegar a la frontera. Allí, en medio de la tranquilidad, los nervios de la frontera eran un recuerdo inofensivo, le provocaban una cierta forma de entusiasmo o de juventud, pero no dio el paso que sobrepasaría esa línea, regresó de repente al discernimiento de la habitación, todavía el cuerpo en la misma posición, inmóvil, tumbado, interesado en la tibieza, la madrugada.

El pasado tiene que probar constantemente su existencia. Lo que se ha olvidado y lo que no ha existido ocupan el mismo sitio. Hay mucha realidad paseándose por ahí, frágil, acarreada por una única persona. Si ese individuo desaparece, toda esa realidad se evapora sin remedio, no hay modo de recuperarla, es como si no hubiera existido. Se acordó del bizcocho en la boca, masticando el bizcocho, sin ser capaz de tragárselo, vueltas y vueltas en la boca, una copita de licor, mojando la punta de los labios en una copita de licor, el dulzor mezclándose con la pasta masticada del bizcocho. El pasado es enorme, es como una montaña, y se asienta por completo sobre el presente, que es como una aguja, como la punta afilada de una aguja. Una montaña asentada sobre la punta, ¿dónde se ha visto algo semejante?

Inmóvil, acostado, liberaba frases en su interior. Eran frases que se alejaban en la oscuridad, tenía tiempo de observarlas, considerarlas. Quizá debido al silencio de aquella hora, quizá debido a la pureza del ayuno, eran frases que contenían una verdad solemne y ardiente, a veces con algo de angustia, sobre todo en el momento en que empezaban a deshacerse, a mezclarse con las cosas olvidadas, la voz volviéndose vaporosa. ¿De quién era aquella voz? Se fijó en ella. La escuchó con la misma claridad con que habría escuchado una voz venida de fuera, alguien que le hablase. Sin embargo, aquella era una voz que decía «yo» y que, al hacerlo, se refería a él. ¿Quién decía «yo» en su interior? ¿Era él aquella voz?

Sintió a su mujer al lado, qué nombre tan bonito, Alice, nombre de niña, y estuvo a punto de despertarla, de compartir el alivio. Pero se sabía de memoria su rostro dormido, se había amparado en él muchas veces a lo largo de las décadas, rostro indefenso, confianza absoluta, Alice, varios rostros, pero siempre el mismo. Ese recuerdo, como fotografías superpuestas, le llegó a la garganta, la ternura es una forma sublime de amistad. Y, todavía con los ojos cerrados, tuvo que inspirar profundamente, como si absorbiese toda la oscuridad y, de inmediato, la devolviese a la madrugada.

Abrió los ojos, volvió a su cuerpo. Empezó por darse la vuelta despacio y, al hacerlo, volvió a su edad; ochenta y nueve años, ese número. Mientras giraba el cuerpo sobre el colchón, cilindro, insecto lento, intentaba no despertar a su mujer, ruidos de muelles, juntas de la cama, corriente de aire abrupta a ras de las sábanas. Al mismo tiempo, una punzada en la lumbar, la nuca medio desarticulada, las muñecas con maniobras prudentes para no provocar una luxación. Y, al dejar la ropa de cama, reprimió el suspiro que le pedían la columna plomiza y las vértebras encajadas. El pie, de puntillas, tocó el suelo.

Como si saborease la lengua reseca, como si comiese papas imaginarias, abrió y cerró la boca, repitió breves chasquidos. Después, apretó los párpados contra los ojos y, al destaparlos, la penumbra adquirió formas, pudo distinguir la luz que llegaría algo más tarde, el nacimiento efectivo del día, luz que habría de atravesar algunos puntos de la ventana cerrada y, a partir de ahí, disparar líneas en el aire de la habitación, proporcionando datos suficientes para calcular área y volumen. Pero él tenía referencias de más confianza, conocimiento acumulado sin necesidad de mediciones, todos los días se despertaba en aquella habitación. Por orgullo, todavía ignoraba el despertador. Pero existía el tiempo, y la respiración de su mujer, que resbalaba tenue por el cielo de la boca. Y el mismo reconocimiento de pureza, Alice, conexión sencilla y, en aquel silencio de sonidos quebradizos, conexión profunda.

Con pasos decididos, indiferente a la ropa elegida, doblada y preparada en la víspera, recorrió el camino que le dictaba la cabeza. Ocupado en esa tarea, volvió a su nombre. Volvió al nombre que su mujer pronuncia todos los días, el que le decía poco después de casarse, con uno o dos meses de casados, el nombre por el que era conocido en la mili, en Elvas, el nombre que pronunciaba su madre, la voz de su madre, cada momento en que la voz de su madre se oía de nuevo, su nombre entre frases que la madre decía por primera vez, pero también el nombre por el que lo llaman los trabajadores, los trabajadores más antiguos y los más jóvenes, abuelos, padres, nietos, el nombre que usan los clientes, de norte a sur, hasta los clientes extranjeros, y el nombre con el que es tratado en las calles de Campo Maior, que escucha a veces, casi susurrado, cuando alguien avisa de su paso, y el nombre que pronunciaban sus hermanas, y el tío Joaquim, hombre hablador, y el maestro de la escuela, su nombre atravesando la clase, la luz de la clase, su nombre atravesando mañanas antiguas, y el nombre que pronunciaba su padre, su padre, la manera como su padre decía su nombre, los tonos con que lo articulaba, la voz de su padre existió, no ha sido olvidada, existió. ¿Dónde existía la voz de su padre en aquel instante?

El chándal olía a armario. Cuando terminó de ponérselo, de subirse la cremallera de la chaqueta, se ajustó la goma en la cintura. En secuencia, se ató las zapatillas, un pie, el otro pie, y se levantó despacio pero con firmeza, sin necesitar agarrarse a nada. Se pasó la mano por el bigote y salió.

2

La lumbre tiene que conformarse con llamas comedidas, sin las extravagancias de una gran hoguera. Puede envolver los troncos, darles una capa de flama, pero no puede lanzarse a lo loco encima de los chamizos, por muchas ganas que tenga. Aquí, esta lumbre tiene que cumplir dos obligaciones para servir a nuestra familia. La primera son las varas de *farinheiras*, chorizos, morcillas, lomos y morcones en la chimenea. Esos embutidos fueron metidos uno a uno en las varas, que permanecían apoyadas en dos asientos hasta que las levantaron y las fueron repartiendo por los escalones del interior de la chimenea. La segunda obligación de esta lumbre es la lechera y la cafetera. No se puede dejar que el fuego se avive mucho mientras las carnes se están ahumando, por lo menos una docena de días, pero esta leche necesita una buena fogata para hervir. Por eso estoy de centinela, este atizador sirve para animar la lumbre si empieza a decaer, pero también para atusarla si chisporrotea.

La nata de la leche, en cuanto llegué con la vasija mi madre me prometió esa delicia. Ya era de noche, pero no sé si habían dado las seis en el reloj de la parroquia. Regalo de madre, cariño natural. Si fuese necesario una razón en voz alta, sería el vigor que me infundía la nata, un chaval de nueve años en formación, pero nadie pidió razones. Hoy, durante toda la tarde, he atravesado Campo Maior un montón de veces. He dejado el libro de la escuela, me he tomado un caldo y, enseguida, ya estaba listo, preparado para dos breves minutos de descanso, en educado silencio. Mi madre aceptaba un encargo, no se preocupe que yo hablo con mi Rui. Yo allí, transparente o invisible, y mi madre hablando de mí, su Rui. Tenemos carne nueva en el ultramarinos, lo sabe todo el pueblo. El cerdo lo han matado ayer y, a aquella hora, ya no estaba colgado de cabeza, cogido por las patas de atrás, habían empezado a descuartizarlo a primera hora de la mañana, temprano, con la fresca, antes de irme a la escuela.

No se preocupe que yo hablo con mi Rui, y hablaría, pero el primer mandado ya estaba listo. Con solemne ceremonia, mi madre me entregó un plato de filetes, tapado con un paño. Y tanto el plato, como el paño, como los filetes, eran productos seleccionados. Atravesé la praça da República y, después, elegí las calles que me parecieron más elegantes para aquel desfile. Llevaba el plato delante del pecho, cogido con las dos manos. A cada paso, levantaba el pie con firmeza, no se arriesgaba siquiera a tropezarse con una idea. En ese rigor, me crucé con mozos de mi edad, obligados a memorizar los mismos ríos de Angola que yo y, a pesar de la confianza, no nos saludamos. En silencio, reconociendo el protocolo, se quedaron siguiéndome con la mirada.

Más cerca de la casa del señor, aumentaba el deseo de ver a mi padre, tal vez me lo encontrase entre una tarea y otra, podía incluso coincidir con la oportunidad de un paseo en el coche del patrón, del señor, los asientos de cuero, el cuello estirado para ver la carretera más allá del capó, amplia carrocería de chapa maciza, y mi padre, concentrado, los brazos apoyados en el volante, listo para cualquier maniobra. Pero, casi al mismo tiempo, pegado a ese pensamiento, los latidos del corazón se disparaban, como un bombo, era el miedo a encontrarse con el hijo del señor, miedo de que anduviese suelto, espíritu envenenado. Hice los últimos metros con ese suplicio, como si el plato de filetes tirase de mí. Fui directo a las traseras, llamé a la puerta de la cocina, llegó una asistenta que me desengañó rápidamente de la posibilidad de ver a mi padre, acababa de salir con el coche, había ido a llevar o a buscar a la patrona, la esposa del señor. Mientras esperaba que me devolviesen la loza, la ansiedad creció al imaginar al hijo del señor, rostro desencajado que podía echárseme encima. En cuanto cogí el plato enjuagado, goteando, el paño muy bien doblado, quise salir de allí. Entre aquellas prisas, distinguí un berrido sofocado, tal vez del hijo del señor, encerrado en algún punto del caserón, o dentro de mi cabeza.

Las brasas, como pequeñas almas. La ceniza, casi mezclada con la sombra, polvo de sombra. La leche, escondida en su color, pero a punto de irrumpir de repente por las paredes de la vasija. Tengo que evitar la brutalidad de ese desperdicio. También tengo que esquivar las gotas repentinas que sueltan las barrigas de los chorizos, lluvia lenta de grasa espesa, grasa deshecha para atravesar los poros de las tripas y, después, calentada por este humo paciente, reagrupada en una gota melosa. No aparto la mirada del fuego, estoy vigilando las llamas y la leche, pero reconozco en la piel el tacto de la luz de la lámpara, el aroma tóxico y dulce del petróleo quemado. Mi hermano aún no ha llegado a casa. No se sabe a qué hora llegará mi padre, cuando se lo permita el señor. Mis hermanas siguen en su habitación. No me doy la vuelta para ver a mi madre, pero siento su presencia, madre desmedida, este es el mundo donde ella existe.

Cuando le di el plato y el paño a mi madre, tenía la cesta aviada con trozos de carne acomodados en hojas de col, no se preocupe que yo hablo con mi Rui. Mi madre me explicó los destinatarios de estos encargos, oreja, tocino, huesos, manitas, hígado, bazo. Antes de salir, me pasó la mano por el pelo, una caricia, como si me peinase. Al terminar la primera ronda, las mujeres estaban empezando a llenar las *farinheiras*. El olor avinagrado de la masa impregnaba la estancia. Después, con la cesta nuevamente cargada, las calles de Campo Maior atardecieron, la cal se tiñó de diferentes amarillos, grisáceos y azules, hasta que cayó la noche. Cuando volví de la segunda ronda de reparto, manos agradecidas al recibir los encargos, ojos satisfechos al apreciar la carne, la textura de la carne sobre la col, mi madre me esperaba con la lechera, tenía esa intención planeada desde mucho antes. Después de la tibieza del sebo y de la paja, después de la mirada mal iluminada de las vacas, después de las calles, noche antes de la sobremesa, gente volviendo a casa, llegué con el cuarto de litro de leche, más un dedo o dos como pago por el trabajo bien hecho. Al darle la vasija, mi madre me prometió la nata. Yo ya me sabía ese gesto, no era la primera vez. Entré en casa y me senté a la mesa con mis hermanas, la pequeña aún no se había cansado de juguetear. Sopa de habichuelas con pasta, mi madre siempre de pie, yendo de una tarea a otra, terminamos de comer en silencio, las sombras crecían en los rincones. Pero la pequeña estaba todavía espabilada, no pensaba en dormir, y mi hermana Cremilde le hacía caso, sus voces desmontándose hasta ser risas y, sin esfuerzo, transformándose otra vez en voces. Recogida la loza, cuando fui a buscar el cuaderno de la escuela y me senté a la mesa, arrimado a la lámpara de petróleo, mi madre les dijo a las chicas que se fuesen a su habitación, no les importó, sabían que allí estarían más sueltas. El carbón del lápiz en el papel, bajo la luz de la lámpara, penumbra, estaba hecho de sombra, escribí letras con sombra. El tiempo, mi madre y yo, todos los objetos de la cocina.

Y, hace pocos minutos, he vuelto a guardar el cuaderno, las tareas acabadas, listas para la mirada del profesor e, inmediatamente, los sonidos del aluminio y del esmalte, la lechera vertiendo la leche en el tazón de esmalte. Todavía siento el momento en que arrimé el tazón a las brasas, raspando el suelo de cenizas, al lado de la cafetera con agua que está siempre pegada al fuego. Ese momento sucedió y está siempre sucediendo, existió el punto exacto en que todo era ese momento, y existe este punto dilatado en que es un eco, una imagen deshilachada, compuesta por noticias en las que solo ahora me fijo.

Interrumpiendo un razonamiento, de repente, como si me quisiera coger desprevenido, la leche empieza a crecer y se desborda; pero mis reflejos son inmediatos, me inclino y saco el tazón. Mi madre se fija en ese gesto. Tiene todo preparado, abre la lata del café.

Me fijo en mis manos de chico de nueve años, el tamaño y la forma de los dedos, las uñas, la piel de la palma de las manos, las muñecas. Reparo en mis brazos, en la proporción de mi cuerpo en relación con lo que me rodea, esta cocina, la cocina de mis nueve años, reparo en este tiempo, velada de mi infancia, invierno, día de diario, mi hermano que no ha llegado todavía, un hombre con dieciséis años, mis hermanas, Cremilde con once y Clarisse con siete, y mi padre, que tampoco ha llegado todavía, el patrón que no le ha dado permiso, pero que está en algún sitio, respirando, viendo algo, casi seguro pensando en nosotros, casi seguro pensando que le gustaría estar aquí.

Y esta hora tan exacta, intensa, mi madre, resguardada por la luz y la oscuridad, la lámpara de petróleo aguantando todo el peso de la noche. Mi madre con la cintura envuelta en nubes, vierte el agua sobre el colador. Es café del mejor, traído de España por mi tío, es oro. Va a preparar tazones de café con leche para mis hermanas y para mí, para mi hermano más tarde, Clarisse se chupará los labios para no desperdiciar ningún grano de azúcar, mi madre disfrutará del consuelo de vernos consolados. Caen las últimas gotas negras por el pico del filtro, cono invertido, los efluvios del café.

Mi madre se vuelve hacia mí, entro en sus ojos, son ojos verdaderos. La nata se ha solidificado sobre la leche hervida. Los ojos de mi madre, limpios, su rostro, esta es la juventud que se quedará aquí, tendremos que avanzar sin ella, tendremos que continuar, no podremos detenernos por nada, ni siquiera por lo que más importa, por lo único que importa. Aún estamos solos en la cocina, mi madre aún no ha preparado los tazones, aún no ha mezclado la leche, aún no los ha endulzado, aún no ha llamado a mis hermanas, aún no sabe lo que va a pasarle a mi padre, faltan tan pocos años, aún no ha envejecido, mi madre aún no ha envejecido. Mi madre, sus ojos jóvenes y limpios y yo con nueve años, mi Rui, no se preocupe que yo hablo con mi Rui, yo con nueve años, queriendo ahorrarle todo, queriendo resolver todo, queriendo cogerle las manos y, a la hora exacta, queriendo susurrarle al oído: no tenga miedo, madre; no tenga miedo, madre; soy su Rui, estoy aquí.

Estaba escondido detrás de las ramas y de las flores de una adelfa. Con las rodillas un poco dobladas, espiaba al chófer. Las flores exageraban su color rosa y, al mismo tiempo, teñían el aire con un perfume dulce, espeso, meloso. El sol empezaba a calentar y, también por eso, el perfume revelaba el azúcar.

Tomó una posición más justa, se puso derecho, pero no quiso aparecer enseguida, necesitaba unos minutos más. Se acordó de las gafas de Marcello Caetano, ya era la segunda vez que tenía ese recuerdo aquel día. Pero de inmediato miró en dirección a España, la mirada atravesó la valla del estadio, se lanzó por el inicio de la carretera. Los campos de olivos precisos, que cubrían ambas cunetas, llegaron de la imaginación o de la memoria, en alguno de esos sitios también los observaba.

Parecían locos, los gorriones, se entretenían jugueteando a baja altitud, desafiaban al sol, sabían que, en cualquier momento, podían entrar por las copas de los árboles y descansar las alas y los picos. Porque empezó a cansarse de esperar, volvió a doblar ligeramente las rodillas y volvió a espiar al chófer entre dos macizos de la adelfa. Ahí seguía, intrigado, se apoyaba y se desapoyaba en la puerta del automóvil, saludaba a un transeúnte, buenos días, intercambiaba frases sueltas con los bomberos que daban un paso fuera del cuartel.

A primera hora de la mañana, cuando el señor Rui llegó en chándal, zapatillas atadas con amplias lazadas, el chófer se quedó con dos palabras atravesadas en la garganta. La rutina es una forma de lógica; por eso, durante el camino hacia el estadio, pocos minutos por calles sin tráfico, el chófer frunció el ceño y calculó cuántos años hacía que el patrón no empezaba el día haciendo gimnasia. No llegó a un número concreto. En vez de concluir el razonamiento, se dedicó a pequeñas señales, gestos o sugerencias, una especie de pequeñas preguntas ocultas, discretísimas. Pero el patrón, el señor Rui, optó por mirar a otro lado, ignorar el rostro entrometido en el espejo retrovisor y demás códigos.

En el aparcamiento, echado el freno de mano, cuando el chófer se ofreció a acompañarlo, recibió de inmediato una respuesta negativa, el señor Rui levantó la palma de la mano y la agitó. Y prescindió de otras palabras, solo un cierto tono, semblante serio. A veces, era necesario ese rigor. Y se alejó en línea recta, en la medida de lo posible, hacia el circuito de mantenimiento. En el pensamiento, casi ofendido, le parecía que aquel interés desafiaba sus competencias, y respondía a acusaciones que no habían sido realmente formuladas. Era la edad, meditó que la desconfianza del chófer venía por el tema de la edad. Los jóvenes tienen la arrogancia de lo que desconocen, se pavonean engreídos, llenos de presunción, sin darse cuenta de que llevan un cielo de piedra sobre la cabeza, nubes esculpidas. Está justo allí, bastaría un movimiento de cuello para divisarlo, pero se quedan con los ojos turbios cuando dirigen la vista a ciertas lejanías, como los ojos de un pez muerto, adquieren la misma capa de ceguera.

Influido por aquel reto, pasó por delante de las taquillas del estadio del Campomaiorense, cuatro agujeros cuadrados en una pared, y entró en el circuito de mantenimiento. Seguía con el mentón erguido, acompañaba los pasos con un movimiento atlético de codos a lo largo del cuerpo pero, de repente, los tobillos tomaron otra decisión. Y, los dos al mismo tiempo, lanzaron una punzada que le cogió los talones, los empeines, articulaciones, tendones, músculos. Solo tuvo tiempo de arrimarse a la adelfa y tranquilizarse. Pensó en una silla o en un banco, pero aquella sombra ya tenía su valor. Cerró los ojos, llenó los pulmones. Se acordó del centinela del Quartel do Trem, la hora de salir, permiso, y allí estaba el centinela, siempre un chaval amedrentado, por más que lo escondiese tras una cara de esta o de aquella manera, un chaval tristón, la cabeza asada en el casco, los pies hirviendo en las botas, calcetines de hilo áspero. Abrió los ojos, vació los pulmones. Ya tenía mejor los talones, pero sabía que volverían a dolerle si cometía la extravagancia de empezar de nuevo la marcha. Recordó los motivos por los que dejó de realizar aquella caminata, una pequeña derrota, otra más.

Fue en ese momento cuando, dentro de aquella primavera, dobló ligeramente las rodillas hasta encontrar una abertura entre verde y rosa y, desde ese mirador, avistó al chófer. Necesitó unos minutos, no quería aparecer enseguida, pero le faltó paciencia para grandes esperas. Dio las gracias en silencio por la preferencia matutina, por haber llegado temprano al circuito de mantenimiento, antes de sombras fugitivas que lo juzgasen, y salió de la adelfa muy derecho, como si viniese caminando en una marcha seria, mientras estiraba y encogía los brazos hacia delante.

Sin explicaciones, entró en el coche, se sentó, bebió de una pequeña botella de agua, muy digno. No fue necesario decirle nada al chófer, que volvió a la seguridad de saber adónde iban. Las calles del pueblo estaban animadas, motores, gente asomada a las ventanas, perros dando una vuelta, arrimados a la sombra de las paredes.

De buen humor, atravesó la cancela de la torrefactora Camelo, amplia sonrisa, dentadura luminosa. Los viernes se notaba la forma sutil con que los días de diario se distinguen los unos de los otros, el tiempo rueda. Las palas giraban sobre los granos de café, los enfriaban después del tostado, como si estuviesen allí para hacer una demostración práctica de esa cualidad cíclica del tiempo. Pero no había ganas de teorías, el trabajo estaba ya en plena acción, como se deseaba. El encargado soltó de inmediato cualquier cosa que podía esperar y, espabilado, avanzó hacia el señor Rui, que también iba hacia él. Lo que decían fue ahogado por el afán de las máquinas, hablaban de asuntos que interesarían poco a quien no compartiese el brillo en los ojos de uno y otro. El patrón, claro, tenía su historia, los recuerdos que tantas veces se le cruzaban por la cabeza, de pequeño aprendiendo con su padre y su tío, y todas sus edades, decidiendo cada evolución de aquellos almacenes, hasta ser un hombre de ochenta y nueve años, hasta ser aquella su empresa predilecta, pequeña entre otras empresas del grupo que, a aquella misma hora, eran la preocupación de su descendencia. Tras tanta veteranía, algún privilegio tenía que tocarle.

Charlaron gustosos, las noticias del café eran optimistas. Estaban de espaldas a la montaña de sacas de yute, las figuras de los dos hombres recortadas en ese fondo. No se trataba de la pila de sacos que está nada más entrar a la izquierda, sino de los otros, los que están un poco más adelante, a la derecha, café de Uganda, ese nombre grabado en los sacos: Uganda Natural Robusta Coffee. El final de la conversación lo marcaron unos pequeños pasos y, enseguida, dos o tres zancadas firmes. A propósito de algún detalle, el señor Rui les soltó una gracieta a dos mozos con uniforme de la fábrica, mozos de cincuenta y tantos años, pantalones marrones, jersey rojo, granate, del color de una granada madura, gorra en la cabeza, gafas. Los dos se rieron, como era normal, uno añadió un comentario apropiado y lo trató por señor comendador.

Ya en la sala de embalaje, tres mujeres lo saludaron con la deferencia de una sílaba poco articulada, tal vez sin consonantes, la misma que usaban todas las mañanas que el señor Rui decidía entrar allí. Ajena a aquel protocolo, la máquina repetía su música, su secuencia infinita, los paquetes llegaban en fila, altivos, nuevos y brillantes, deslumbrados, viendo el mundo por primera vez desde una cinta de metal y, al final, encontraban las manos de la mujer que los colocaba en el interior de una caja de cartón, listos para iniciar un viaje que aún desconocían. El señor Rui saludó a las empleadas también con una sílaba, pero afinada por otra nota. Le preguntó a una de ellas por su madre. Recibió respuesta y agradecimiento: señor comendador.

Tenía prisa por volver con su mujer, seguro que ya estaba despierta. Durante un par de minutos se inclinó allí arriba, sobre la línea de los hornos que caramelizaban la algarroba. Había trabajadores barriendo ceniza, cargando calderas, cada uno cumpliendo su función. Faltaba poco para que hubiera españoles tomando aquella mezcla, en el desayuno en casa o apoyados en una barra, como suelen hacer. La torrefactora Camelo es una máquina segura, no se cansaba nunca de repetirlo. Se acordó del bizcocho en la boca, masticándolo, la gente vestida con sus mejores ropas, vueltas y más vueltas en la boca, había muchas cosas que esas personas no habrían podido imaginar. Se frotó los ojos. Tenía delante a los hombres que trabajaban en los hornos, les sonrió a todos.

Volvió a la zona de los sacos de café, Uganda, de las máquinas tostando el grano, de las palas enfriándolo. Algo farragüas, indiferente al chándal pasado de moda, sentía una alegría que era una especie de vanidad. Sin embargo, justo antes de salir, el encargado le dijo algo con sobriedad, le habló del lugar adonde debía ir esa misma tarde.

Pensando en el lugar adonde debía ir esa misma tarde, aquella hora cambió de color. La sonrisa se congeló en el rostro del señor Rui, señor comendador.

3

Era un punto de acidez, podía recorrerlo, aislarlo del resto del sabor. En ese ejercicio conseguía identificar un tipo de frescor que sugería la imagen de manzanas verdes, como cuando pelaba una manzana en otros tiempos y el cuchillo tenía rayas húmedas y la carne de la manzana sangraba pequeñas gotas de zumo ácido. Pero, claro, también reconocía el dulce, su favorito. En algún momento habría aprendido ese gusto, el dulce lo animaba. Sin embargo, el dulce era complejo. Allí, le templaba ligeramente la boca con una tibieza que, sin inventárselo, le traía a la memoria las galletas de la infancia, galletas maría en días señalados.

Dejó la taza sobre el plato, el sonido de la loza. La mañana entera entraba en aquel instante, se asentaba en las paredes blancas, se posaba en toda la amplitud de la mesa, en el mantel, en el cesto del pan, en las palabras que decía su mujer. Al mirarla, sintió de nuevo el peso del café sobre la lengua, el espesor, sintió también su bonito nombre, Alice. El líquido le bajaba por la garganta, desaparecía, y el sabor del café se evaporaba lentamente en el interior de la boca. En ese proceso, desplegaba nuevos sabores o, tal vez, nuevas gradaciones del mismo sabor, como tonos de un único color, marrón. Lo que decía la mujer tenía una delicadeza parecida, desentrañaba una maraña de hijos, nietos y bisnietos que se cruzaban en varias direcciones, nombres que se enredaban, Helena, Rui, Ivan, Rita, João Manuel, Marcos, nombres colocados en diferentes órdenes; y también los niños, los hijos de Rui, de Ivan, de Marcos; nombres formando varias conexiones, mapa con muchos caminos, como si todos fuesen hijos, primos, sobrinos, hermanos los unos de los otros; y también los niños, nunca olvidados, niños de todos, futuros padres, futuros abuelos, futuros bisabuelos.

Pasaban las nueve. Era abundante la claridad a aquella hora, luz perfecta para escuchar planes como los descritos por su mujer, la frágil voz de su mujer, Alice. Él observaba su rostro y reconocía los ojos de cuando solo tenía permiso para verla de lejos, no podían acercarse, pero ya sonreían, él siempre sonrió. También sonreía en aquel instante, ante la mesa repleta de cosas, hasta de lo que a ninguno de los dos le apetecería comer, enumeración colorida y multiforme de alimentos, y la camisa blanca, ligera sobre la piel fresca por el baño, y Alice, repetía su nombre siempre que podía en la cabeza. ¿Qué habría sido de él sin ella?

Hay lecciones que solo se aprenden tras una vida entera. Cuando se intenta transmitirlas a los demás, consiguen aprender la superficie, el razonamiento, pero, por muy listos que sean, no pueden entender realmente de qué se trata, necesitarían una vida entera, no se exige menos. Quizá un día lleguen a entender la lección; entonces, es probable que se acuerden de quién intentó enseñarles esa materia por primera vez.

Se acordó de la Pousada de São Lourenço, Manteigas. Se acordó del Hotel Grão Vasco, Viseu. Y reparó en el silencio: su mujer concentrada. Mientras se pasaba la servilleta por los labios, su mujer aprovechaba para ordenar en la cabeza algunos detalles que le quedaron del discurso. ¿Qué habría sido de él sin ella? No sería él, no sería el hombre que estaba allí. Sin ella, él no sería él.

Cuando se levantó, cayeron algunas migas, pocas. Le dijo a su mujer que no comería en casa. Recordó el sitio al que tenía que ir esa tarde, se le ensombreció el rostro, y añadió:

paso por aquí para cambiarme de corbata. Por respeto a la sobriedad del asunto, no hicieron más comentarios.

Mientras metía los brazos en las mangas, le susurró una recomendación a la asistenta que le sostenía la chaqueta, quería asegurarse de que su mujer iba a estar bien. La asistenta ya contaba con esa tarea, le dijo que sí de inmediato. Solo, se puso la chaqueta y el reloj de muñeca. La asistenta ya estaba quitando la mesa, pero su mujer seguía sentada. Antes de salir se acercó a ella, le puso una mano en el hombro y le dio un beso en el pelo.

Entro en casa, siento la sombra de la casa, que es diferente a la sombra de la calle, aunque esté a punto de anochecer, aunque ya haya refrescado del calor de la tarde, el sofoco de este maldito paso de agosto a septiembre, y mi madre me lleva aparte para decirme algo. No hay nadie más en la cocina, pero mi madre pone el tono circunspecto, algo entre ella y yo. Se quitó el pañuelo negro de la cabeza, está en casa, pero no se privó de la seriedad, la cara constreñida. Se acerca a un cajón del chinero, lo abre con las dos manos, coge un sobre, lo abre y saca un papel doblado, lee esto.

Excelencia, dice el papel. Con la poca luz, me deslizo por las palabras, la punta de los labios siguiendo la lectura menuda, silbando lo esencial de las sílabas. Son verbos elegidos por su formalidad, es una carta al presidente de la república.

Doblo el papel por sus pliegues originales, se lo devuelvo con un gesto delicado, es precioso. Mi madre lo coge con la punta de los dedos, dedos lisos, vuelve a meterlo en el sobre, con mucho cuidado. Abre el cajón, cierra el cajón. Los sonidos de la madera llenan este momento. Ella entiende mi silencio, significa que la carta está bien. Mi madre no sabe leer palabras escritas, no sabe leer letras como las que están mecanografiadas en la carta al presidente de la república, pero sabe leer otras muchas cosas, sabe leer señales ínfimas, sabe leer actitudes en las que nadie más se fija. Mi madre es una mujer inteligente y viuda, ahora quienes tienen que seguir su vida somos nosotros, ella y yo.

Comprendo que mi madre haya mandado esta carta. Me la imagino por las calles de Campo Maior, obstinada, figura negra bajo la fuerza del sol, eligiendo el camino más rápido. Después, explicándose, incluso hasta enseñándole algo al chico que le escribió la carta, versado en correspondencias de este tipo, y Su Excelencia, y cordialmente, y atentamente, pero con mucho por aprender sobre una madre que pide por su familia.

Se inquietó en cuanto salió la lista de los nombres para la inspección. No puede ser, dijo enseguida o, si no llegó a decirlo, fue como si lo dijese. Pensé lo mismo, pero sé que no lo dije en voz alta. Seguí levantándome a la misma hora, llegando a la misma hora a la torrefactora. No falté a la inspección y, al lado de los demás, desnudo como los demás, fui seleccionado. Fue mi madre quien tomó la iniciativa, fue ella quien le dio el billete y pagó al chico que escribió la carta. Mi madre es buena pagadora.

La carta dice que mi madre es una viuda y que yo soy huérfano y, ahora lo entiendo con toda seguridad, es eso lo que somos. Es exactamente eso lo que somos. Con palabras que mi madre no usaría, la carta ruega al presidente que me pase a la reserva militar o que me permita cumplir el mínimo indispensable. La carta dice que soy el sostén de la familia y, con mi hermano casado y mi hermana casada, la familia es ahora mi madre, mi hermana Clarisse y yo.

Vamos a esperar, madre. Mañana, la carta estará en correos, de Campo Maior a Lisboa, de mi madre al presidente de la república. Apela a la nobleza del alma y del corazón de Su Excelencia. Vamos a esperar, madre.

Me dirijo al cántaro, lo lleno de agua. Mis botas hacen ruidos de hombre en la casa. Hecho agua en el lavatorio, sumerjo las manos en ese frescor. Lleno lentamente las dos manos juntas. Me las llevo a la cara.

El olor de la noche invade todo el cuartel. Los edificios y la naturaleza se renuevan. Las piedras liberan el calor que tienen dentro, sube, se mezcla con brisas que pasan a ras de la cal y las tejas, enfriadas por este cielo negro, estrellas y un trazo de luna. A esto lo llamamos el fresco. A veces, más allá de los muros del cuartel, hay perros que ladran hasta cansarse, forman parte de la propia noche. Los ladridos de esos animales, habitantes de corrales o peregrinos por las calles de Elvas, existen sobre un fondo universal de grillos. A lo lejos, en la distancia del patio, un murciélago inquieto completa círculos mal dibujados alrededor de la única bombilla encendida, farola oxidada.

Me da pereza mirar el reloj, me da pereza abrir la boca. Es mi amigo más sincero el que, en soledad, compone este lamento, parece cantarlo. Cuenta historias que ya conozco de Campo Maior, repite detalles. A falta de noticias, las rumia. Esa tonada se une a los demás sonidos y nos mece. Estamos aquí, sentados en los escalones, a la entrada de la caserna. Estamos los dos en camiseta de tirantes, algodón grueso y blanco, cinturón desabrochado, las botas al lado, los dedos de los pies necesitaban respirar. Este orgullo de ser los últimos todavía despiertos proviene del hecho de tener ya ante nosotros el final de la mili, la tenemos casi despachada, ya podemos hacer planes para la jura de bandera, estamos acostumbrados al pelo rapado.

Mi amigo más sincero coge el cigarro que tiene detrás de la oreja. Elige una cerilla de la caja, la frota y, a la primera, provoca una explosión en la noche. Cierra un ojo mientras acerca la llama a la punta del cigarro, sorbe el ácido de la brasa. Agita la cerilla, la apaga en el aire. La boca: larga bocanada de humo. Nos conocemos de inviernos y veranos, de todos los recreos de la escuela, juntos en la misma clase, nos conocemos de la praça da República. Si fuese necesario, podríamos describir cada detalle de la picota: la figura de piedra con la balanza y mirando hacia delante, con manchas de musgo seco; las cuatro argollas señalando los puntos cardinales, tal vez aún esperando condenados. Desde que montaron la picota en la plaza la hemos analizado muchas veces, nueva y antigua al mismo tiempo.

El silencio me extrae las ideas y, después, las palabras. Tengo que hacer fortuna, digo en voz alta. Mi amigo más sincero se me queda mirando, el humo le da un nuevo aspecto. Voy a hacer fortuna y, ya verás, tendré una casa como debe ser. Y añade él: como nunca se ha visto en Campo Maior. No hace falta, digo yo, basta una casa donde no falte de nada. Ofrezco dos segundos al silencio, pienso en Alice, dentro de poco estaremos casados, y sigo: seré un rico diferente a los que hay por ahí.

Las estrellas ensayan la representación gráfica del canto de los grillos, son puntas de agujas clavadas en todo lo que nos rodea. Mi amigo más sincero dice: yo, cuando sea rico, solo voy a comer pan con aceitunas.

La noche apaga el cigarro, nos vamos a dormir. Cuando nos levantamos en los escalones, suenan las rodillas. Cogemos las botas. El Batallón de Cazadores n.º 8 está entregado al sueño. Entre literas de hierro, atravesamos ronquidos y otros sonidos del cuerpo, olor a chavales y a pies. Cada uno encuentra su colchón y busca sus mantas, rascan la piel como una lija gris. Dentro de poco, la alborada, la formación y, enseguida, la vida.

Mastico el bizcocho, está seco, se pega a las paredes de la boca. Empiezo a masticarlo con ímpetu renovado, pero se me va quedando seca toda la boca, vueltas y vueltas hasta que parece que estoy masticando harina. Mojo la punta de los labios en una copita de licor, mezcla, se derrama dulce sobre la pasta masticada del bizcocho. A mi lado, Alice está de acuerdo con todo lo que le dice mi madre, voz grave, no puedo distinguir las palabras, las pronuncia con intención. Alice intenta sonreír, hace un esfuerzo con los labios, pero solo logra una sonrisa nerviosa: una niña ante una mujer.

Ahora, afortunadamente, las conversaciones de las personas se cruzan sobre las cabezas, junto al techo. Ha pasado poco tiempo desde que estábamos todos alrededor de la mesa, el tiempo atravesado por momentos agobiantes en que permanecíamos callados, lo que acentuaba la mirada triste de mi madre y, al mismo tiempo, parecía borrar el motivo por el que íbamos así vestidos: yo con traje, zapatos nuevos, brillantina, Alice con el vestido de novia que cosió con su madre. Somos una docena de personas, dos o tres más, comemos guiso de cordero, la sopa migada con la navaja, las cucharas sonando contra la loza, mi hermana Cremilde recogiendo los platos, ayudando, con sus mejores ropas, arreglada, pasando con una pila de platos, algunos huesos, los mismos platos en que comíamos todos los días.

Se asentó la serenidad. Era esto. Lo desconocido a donde me dirigía era esto. Pero esta mañana, con más nervios, la imagen de mi madre, de mis hermanas y de algunas vecinas, no sé cuántas, pocas, haciendo dos cazuelas de sopa de cordero, tenían miedo de que no fuese suficiente, y terminando algún postre, tal vez este *pão-de-ló* que como ahora, clavando una pajita para ver si estaba hecho por dentro. Después, faltaban unos minutos para las cuatro de la tarde, dábamos dos pasos por la calle, y la iglesia: mi madre abatida, soterrada por la ausencia de mi padre, el negro opaco de la ropa, mortificada por el altar y por el rostro de las figuras; mi hermana Clarisse, con ataques de tos brotando del fondo de la garganta, resonando por toda la iglesia, restos de expectoración vibrando desde el fondo de sus frágiles pulmones hasta las bóvedas de cemento del templo; mi hermana Cremilde y su marido, mujer de armas tomar, manteniendo a la familia como acero; mi hermano y su mujer, listos para todo, atentos; mi tío Joaquim y mi tía española; mi padrino y mi madrina, solemnes. Aún de civil, el cura se asomó desde la puerta a la sacristía, para confirmar que estaba todo en orden. Y, unos minutos después, Alice: su rostro, el vestido de novia, un ramo en las dos manos, le sonreí a distancia para tranquilizarla. La familia de Alice ocupó su lugar, madre, hermanas, algunos parientes. Y la ceremonia, las palabras del cura eran enormes. Demasiada iglesia para un grupo tan modesto.

Alguien me llena la copita con un dedo más de licor. Mi hermano me coge del codo. Quiere darme instrucciones de mecánica, el aceite, las bujías, la temperatura del motor. No se fía de mi habilidad, lo dejo hablar. Nuestro padre tuvo más tiempo para enseñarle a él. António, solía llamar a mi hermano, o mencionar su nombre en medio de lo que estaba diciendo. En este salón en el que estuvo mi padre, en este instante en que falta de manera tan pronunciada, recordar su voz es una punzada en el pecho. Tengo veintidós años, me he casado hace un par de horas, día 25 de octubre de 1953, creo que esta punzada no va a desaparecer nunca. No va a desaparecer nunca.

Por encima del hombro de mi hermano distingo a Alice, escucha aún las advertencias de mi madre; nuestras miradas se cruzan, me dice algo con esa intensidad, con un ligero gesto de las cejas. Ahora es mi mujer, es extraño pensar en ella así, pero tengo que acostumbrarme. Y hoy, al fin solos, la cogeré en brazos, nadie podrá impedirlo. Y mañana saldremos en coche, mi hermano que no se preocupe, conduzco mejor que él, seguiremos el itinerario de posadas y hoteles diseñado por el señor Lopes: directos a Manteigas, Serra da Estrela, después Viseu, bonita ciudad, dice el señor Lopes, después Oporto, no puedes perderte Oporto, chaval, después Figueira da Foz, después Nazaré, playas incomparables, después para abajo de vuelta a casa. El señor Lopes, de la torrefactora de Lisboa, se conoce el país de cabo a rabo, y me trata de chaval.

Mi hermano ya no sabe qué más consejos darme. Si hoy no fuese día de fiesta y si no fuese mi hermano, me enfadaría con él. Compramos el coche juntos, un Fiat 1400, matrícula

IE-18-82, ¿de dónde viene tanta desconfianza? Tras este viaje, lavado y abrillantado, el coche va a quedar mejor que ahora, más ligero, más rodado.

Me acerco a Alice, le doy la mano, mi mujer. ¿Me acostumbraré también a estos dedos finos? La alianza se deslizó por la piel suave, gastada tan solo por el trabajo de costura, siento ahora esa piel, su temperatura. Y me parece que podía quedarme en esta sensación, acomodarme en su interior. Una imagen tan agradable, escapo discretamente con el rostro para presenciar esa imagen: nuestras manos juntas.

Mi madre hace rato que ha acabado la conversación, pero sigue aquí, está con nosotros en el modo como miramos alrededor. Hace un esfuerzo por seguir la fiesta, pero es una mujer encogida. Lo que había soñado para este día no era esto. ¿Dónde está mi padre? A veces lo busca, no puede resistirse. Y no quiere dejar de buscarlo, el átomo de esperanza de ese impulso compensa el dolor avasallador que le da la constatación de su ausencia o, al menos, es mejor que nada, nada absoluta y definitiva.

Rui, dice Alice, mi mujer. Y hay un instante exacto entre mi nombre, ella llamándome, y lo que pasará después. En este instante, en esta pausa entre mi nombre y la palabra siguiente, está este salón, están nuestras familias, nuestros rostros, yo veintidós años, ella veinte años, está el breve recuerdo de mi nombre dicho por su voz y está todo lo que pasará después. Estas personas, vestidas con sus mejores ropas, suspendidas en este instante, no se imaginan lo que pasará después, el presente se levanta a su alrededor como las paredes de este salón. Pero yo sé lo que pasará después, yo sé lo que pasará después, mis ojos se llenan de esa verdad.

4

El chico que tiene el problema en los ojos ensaya una melodía carraspeando, fingiendo que tose. Dos o tres chavales, y algunos más poco después, se ríen por la nariz. Aprietan los labios para contener la risa, les sale por la nariz. Sin explicación, sonidos como esos, aislados en el silencio de la clase, la lluvia cayendo fuera muy despacio, adquieren una gracia inusitada. La pizarra tiene el nombre del pueblo y la fecha de hoy escritos con tiza blanca: Campo Maior, 23 de enero de 1940. El día de ayer también está allí, mal borrado, restos de palabras debajo de la niebla. Mi amigo más sincero es de los que está siempre listo para el pitorreo, cualquier pretexto le sirve. Me siento en la obligación de levantar el mentón del libro y deslizar una mirada de reprobación por el aula, la recorro lentamente. Y fingen que no han hecho nada, borran la vivacidad del rostro. Pero siempre hay uno u otro que permanece en la frontera del desafío. De esos, el peor es el chico que tiene el problema en los ojos.

Se queda Rui, fueron las últimas palabras del profesor. En rigor, no fueron exactamente las últimas, pero fueron las que prevalecieron. Con ellas, adquirí una posición instantánea. Antes de eso, nos indicó una página del libro de lectura. Después de eso, salió. Por unos minutos esperamos a que el profesor se alejase, dimos tiempo suficiente para una lectura rápida, por formalidad, pasar la vista por cada letra, pero sin entender las frases.

No es la primera vez que el profesor me deja de encargado, a nadie le sorprendió mi nombramiento. Termino de leer, dejo la página del libro y vuelvo la vista hacia el aula. Se están riendo de alguien que se ha sorbido los mocos. Por el ruido se deducía la consistencia de la viscosidad. Ha venido del lado del chico que tiene el problema en los ojos, es él quien está satisfecho y desafiante. Hay un pacto: él no se mete conmigo, sabe que no podría librarse de mi hermano António, y yo no me meto con él. Un día, tal vez adivinando problemas que quería evitar, mi hermano me pidió que no lo tratara por el nombre que usaban los demás, mención al problema de los ojos, sílabas que lo dejan perdido, dispuesto a reventarle la cabeza a alguien. Y se vuelve a limpiar la garganta con la misma tos, la misma melodía. Le tiene poco miedo a la palmeta, huesos duros, no le importan los empujones del profesor. Mi amigo más sincero es de los pocos a los que todavía le hacen gracia.

No anoto nombres, me falta paciencia. En vez de eso, miro por la ventana. Son ventanas altas, madera buena y cristal macizo. La lluvia cae como una revolución de gotas pequeñitas sobre el gris, una pelusa revoloteando, animada por el viento. Alimentação e Salsicharia Senhora Maria Azinhais, mi madre, señora Maria Azinhais, ¿dónde estará mi madre? Seguro que está en la tienda, pero ¿qué estará haciendo? Puedo imaginarme esta lluvia entrando por la puerta abierta, mojando un paso su interior. ¿Estará ahora mi padre conduciendo el coche del patrón? Los limpiaparabrisas pasando por el cristal, sin dudar, hacia un lado, hacia el otro, marciales. ¿Y mi tío? La idea de la cara de mi tío me hace sonreír, pero nadie se da cuenta. Están todos callados, ni respiran, intentan distinguir los pasos del profesor, analizan cada minucia, trocitos partidos de sonidos llegados de la clase de las niñas o del mes de enero. En mi cabeza, agradezco este silencio. Que sigan así.

Como una niebla especialmente clara que lo envolviese, flotando alrededor de su cabeza, llevaba la imagen de su mujer. Mientras el cuerpo del señor Rui ejecutaba los movimientos de atravesar el patio de casa, caminando a lo largo de macetas, plantas que lo saludaban sin palabras, mientras se inclinaba para abrir la cancela, el pestillo a la altura de los muslos, focalizaba el recuerdo reciente de su mujer, las cejas, una arruga que le salía del extremo del ojo izquierdo, las manos. Eran piezas de una idea más amplia, que también incluía la voz de la mujer preparando los planes para el domingo, colección de nietos, que también incluía su nombre, Alice, como un perfume, que también incluía sesenta y siete años casados, presencia inseparable de lo que imaginaba, sentido.

Una de las muchas diferencias del pasado es la propia naturaleza del tiempo: los acontecimientos se sucedían a otra velocidad, la atención tenía diferentes virtudes, el tiempo pasaba de otra manera. Antes, hace diez, veinte, treinta años, salía de casa, cruzaba la calle y llegaba a la oficina en el interior de un pensamiento. Estaba en casa, pensaba en algo y, cuando me daba cuenta, estaba en la oficina, hablando con alguien. Desde hace algunos años, sin embargo, había cada vez más momentos en que tenía que prestar atención a cada paso, literalmente, dónde ponía el pie, confirmar la estabilidad del terreno y garantizar que apoyaba bien el pie antes de cargarlo con el peso del cuerpo, alineado sí, equilibrado sí. Se acordó del circuito de mantenimiento, el chándal, esa rutina de hace algunos años, los progresos que iba alcanzando. Se acordó de la agilidad. Pero tuvo que volver a fijarse en el suelo que pisaba. Al mismo tiempo, se dio cuenta de que vivir en un lado, cruzar la calle y trabajar al otro lado era una situación muy significativa, simbólica.

Durante el paseo, ya con la cancela cerrada, sintió un autobús que se acercaba. Podría haber llegado a la acera en dos pasos, quizá poco más de dos segundos, pero aflojó, no quería que el autobús se parase para esperarlo, no quería sentirse obligado a cruzar por delante del conductor y de los pasajeros del autobús, público atento. Solo se volvió cuando el vehículo había pasado, rugido y ráfaga de viento. Se aseguró a izquierda y derecha; y empezó a cruzar el paso de cebra, líneas de piedras blancas adoquinadas sobre un fondo de piedras grises, granito paralelepípedo. En medio del trayecto, en una pausa mínima de la atención que requería aquella tarea, se fijó en la presencia de un hombre apoyado en el chopo que hace esquina con la sede. El hombre también se fijó en él, y se enderezó.

A la sombra, el hombre lo abordó: disculpe, señor comendador. Antes de que siguiese, el de seguridad de la sede, camisa de manga corta, corbata e identificación colgadas del cuello, tarjeta con fotografía de carnet, se acercó repitiendo que le había pedido al individuo que no lo esperase allí. No pasa nada, dijo el señor Rui con un movimiento de mentón, tenía un momento, ¿de qué se trataba? El hombre era un mozo de treinta y tantos o quizá cuarenta años, y quería trabajo, un trabajo. Demostraba tener alguna iniciativa y, por eso, como era costumbre, el señor Rui lo miró fijamente, mientras le pasaban por la cabeza las varias empresas del grupo y las muchas funciones que demandaban. Estaba el café, claro, pero también estaban el vino o el aceite, por ejemplo; podía vender automóviles, arrendar barracones y terrenos, hacer toldos, sombrillas, trabajar con lona, arreglar máquinas, cargar máquinas, conducir furgonetas o camiones. ¿Qué sabe hacer? Ofuscado, respondió que tenía el bachillerato. Sí, pero ¿qué sabe hacer? Se atropelló, le habló de su abuelo. Le dijo que su abuelo había ido a la escuela con el señor comendador. ¿Quién era? Citó el nombre entero de su abuelo, como si lo estuviese dando para constar en un documento. Hombros encogidos. En la acera, a la sombra, los tres hombres se miraron los unos a los otros. El de seguridad seguía atento a la conversación, él tampoco tenía ni idea de aquellos datos. El hombre, nieto de un nombre desconocido, siguió describiendo a su abuelo y, al final, dijo que tenía un problema en los ojos.

El señor Rui mantuvo la expresión, rostro inmóvil. Se acordó de la tierra del recreo, granos de arena suelta que se deslizaban bajo los pies al correr. Se acordó del ruido que hacía la tierra del recreo bajo cada paso, tierra pisoteada por los pies de muchachos traviesos e inocentes, muchachos sin maldad, que tenían que parar de repente cuando sonaba el timbre, los pies derrapando en la tierra del recreo, en los granos de arena suelta y en el polvo.

El señor Rui le dio la mano al hombre, como le daba la mano a todo el mundo. Le dijo que le diera el nombre y sus datos al de seguridad, algo habría por ahí.

No hay mucho sitio, solo el propio hojalatero y mi tío tienen más amplitud. El hojalatero está sentado, se levanta cuando tiene que usar el torno. Mi tío Joaquim está de pie, se saca las manos de los bolsillos, gesticula abundantemente, son como dos palomas sueltas delante de él. Y vuelve a meterse las manos en los bolsillos. Los demás hombres también están de pie, pero tienen que hacerse hueco unos a otros, algunos necesitan ponerse de lado para caber. El taller del hojalatero es un cubículo apretado, poco más que un rincón, menos mal que tiene la puerta abierta, única fuente de aire y luz. Yo estoy entre los hombres, les llego a la altura de los hombros, veo a mi tío enfrente.

A los hombres les gustan los gestos del hojalatero, les anima el espectáculo, por eso están aquí, reunidos a su alrededor, aprovechando la sombra. Son gestos que producen varios tipos de ruidos, la tijera cortando la hojalata, la punta de acero rayando formas de moldes, los varios tipos de martillos dando golpes, unos con la cabeza fina, una especie de pájaro carpintero, otros con grandes cabezas de madera, apropiados para grandes golpetazos, los hombres guiñando los ojos al ritmo de esos impactos. La voz de mi tío serpentea por el espacio del taller, entre los ojos deslumbrados de los hombres, ilumina la piel de sus caras. Mi tío analiza los compases y el dramatismo de los ruidos del hojalatero y los aprovecha para su cantinela, que va del susurro a la viva voz. Es como si el hojalatero y mi tío fuesen un conjunto musical. Los hombres se han juntado aquí también por mi tío.

Con excepción del hojalatero, delantal sucio, todos llevan sus mejores ropas, es domingo por la tarde, día de descanso y diversión. Pero mi tío Joaquim se distingue del resto, está en otro nivel. Es un hombre evolucionado. Desde la bastilla de los pantalones hasta los verbos que usa, no se puede comparar con esas caras sencillas. Ha viajado por todos sitios, ha visto otras cosas, sabe más. Los hombres le prestan atención y, cuando abren la boca, lo tratan de usted con un enorme respeto, incluso los más viejos.

Hay herramientas colgadas en la pared, en orden creciente, decreciente y como cae. Además de esas, el hojalatero ha ido amontonando limas y alicates sobre un tablero bajo, a mano. No necesita levantarse para encontrar una herramienta en ese revoltijo. Concentrado, jorobado sobre la pieza que va moldeando, hace su trabajo. Aún no se sabe lo que saldrá de allí, quizá un embudo, una regadera, un candil.

Hay tiradas en voz alta de mi tío Joaquim que intimidan a toda la asamblea. Habla como si no tuviese miedo, como si no le importasen los peligros. Los hombres le responden en voz baja. Tarde o temprano, todos trabajarán para él. Una travesía por la frontera les rendirá más que días y días en el campo.

Absorbo todo. ¿Qué edad tengo? Tal vez diez u once años. En ese caso, todavía estoy en la escuela, probablemente en primaria. Pero eso ahora no importa. El hojalatero da golpes, da golpes con el martillo, sus manos doblan la hojalata. Ahora, lo que importa son las palabras que está diciendo mi tío y, en momentos especiales, la forma que tiene de mirarme, demostrándome que está conmigo, que soy uno de los suyos.

Recordó que le pidieron expresamente que no contratara a nadie, las gruesas paredes del Ayuntamiento, las vidrieras mostrando afuera un mundo reluciente, y sentado en su despacho de concejal, que sería después su despacho de teniente de alcalde, y después de alcalde interino, aquella voz tratándolo de tú, de Rui, y pidiéndole que no contratara a nadie, una petición parecida a una sugerencia firme, parecida a una orden o un bando, era la voz del ingeniero, con un eco de otras voces, teorías que ya había escuchado muchas veces, el ingeniero insistiendo, solo durante la época de siega, pidiéndole que aflojase con las obras municipales, los arreglos de esto y aquello. Recordó la cara del ingeniero después de preguntarle: si sigues contratando a todas las criaturas en el Ayuntamiento, ¿qué carestía tendré que pagar por la mano de obra para la siega?

En la oficina de la sede, sosteniendo papeles con las dos manos, hojeaba también estos recuerdos. Estaba solo, la secretaria volvería en el próximo punto de la agenda, reunión confirmada. Cuando deslizaba la puerta de cristal, deslizaba un ligero cambio en el ambiente, contenía o liberaba la presencia de quienes trabajaban en las estancias siguientes, delante de ordenadores, ruido de teclados y de barras espaciadoras, la voz de algunas de esas personas al teléfono, casi susurros, media frase suelta.

Recordó otra vez el Ayuntamiento. ¿Han pasado cincuenta años? No le gustaba echar esas cuentas, pero no podía evitar hacerlas, tenía la cabeza llena de cuentas. Ante cualquier número, su tendencia era sumarlos, restarlos, analizarlos hasta entender si podía obtener algún provecho de ellos.

Recordó al tío Joaquim, las visitas de aquella época, siempre gentil, sabía estar, hombre de otro tiempo pero completamente adaptado a la década de los sesenta, todos los tiempos eran suyos, y llegaba siempre a buena hora, nunca interrumpía, mantenían largas conversaciones en el salón, su sobrino quería verlo sentado en el mejor sillón. Recordó el optimismo de su tío durante esas conversaciones, parecían duelos de sonrisas, sería necesario un jurado para saber quién sonreía más, y pasaba su hijo, adolescente o casi, saluda a tu tío, y ahí venía él, esquivo, algún que otro grano. Recordó a un jugador de fútbol, equipación amarilla, marcando una falta. Pero cortó esa imagen. Recordó al tío Joaquim, prefirió continuar recordando a su tío, la atención que ponía al escuchar las noticias del Ayuntamiento o, aún con más interés, las noticias de las fábricas, negocio floreciente, evolución del mundo, tenía un sobrino fuera de serie, este orgullo se le salía por los ojos, cene con nosotros, la mujer entraba en el salón, acompañada o no por su madre, y insistía en que el tío se quedara a cenar, este sonreía con todo el rostro, no sabía decirle que no.

Ser patriarca es, en gran medida, sobrevivir.

Recordó aquellas cenas, se acordaba bien de aquellas cenas, compensaban el trabajo exagerado, el tío Joaquim animaba a todo el mundo, la mujer y la suegra completaban algún hueco que quedase en la conversación, la hija sincera y pilluela, probablemente con cinco o seis años, siempre dispuesta a soltar alguna sentencia que los enternecía a todos, el hijo sabía responder a cualquier pregunta del tío, buen hijo y buen sobrino nieto.

Hacen falta otras capacidades, pero sobrevivir es la primera. Para ser patriarca, recordó a su madre, o matriarca, hay que resistir día a día, aguantar estaciones repetidas, quejarse poco de los inviernos, ser capaz de acumular años y no dejar nunca de distinguirlos. Ser patriarca es mirar y ver, no soltar ese juicio, aunque las piernas se vuelvan indecisas, aunque la comida pierda su gusto; pero hasta la nitidez es secundaria cuando se tienen los ojos cerrados. Lo más importante de todo es seguir aquí.

Recordó al ingeniero, cuando lo veía llegar de frente por algún pasillo del Ayuntamiento y tenía que aguantar sus protestas por haber contratado a hombres para amañar una carretera o hacer cualquier otro trabajo de cantería. Recordó el sudor hirviendo delicadamente, a ras de piel, mientras fingía escuchar la reprimenda del ingeniero y se mantenía tras una sonrisa, que lo protegía.

Más de cincuenta años después, sonrió ante la llegada de su secretaria. Acostumbrada a aquella amabilidad, usó su mejor timbre para anunciarle la reunión de las once de la mañana, uno de los proyectos personales del señor Rui. En la reunión participaban una mujer y un hombre, ya habían llegado. Que entrasen, que entrasen, estaba dispuesto a recibirlos, dijo, sin dejar de sonreír.

Las gafas de Marcello Caetano son sofisticadas. El grosor de los cristales no le reduce la apariencia de los ojos. De buen tamaño, los ojos conservan una vivacidad amedrentada, no saben si pueden ser vistos, analizan a quien tienen enfrente, combaten el miedo y, en cuanto se sienten seguros, dejan escapar algo de esa vivacidad inocente, de niño, pero casi siempre fracasan en sus expectativas y vuelven a retraerse. La montura prolonga la autoridad de las cejas negras y bien dibujadas. Las patillas son más gruesas de lo que parecen en la televisión.

La voz no diverge mucho de la forma como suena en la pantalla, descontando el estrechamiento que adquiere al salir de una caja. Es del tipo de voz con fallos, acompaña como puede un discurso que, incluso al ser leído con todas las sílabas, redondeado por teatralidad ensayada, presenta sutiles modulaciones. Hasta en esa circunstancia, él siendo presidente del consejo de ministros y yo siendo alcalde interino del Ayuntamiento de Campo Maior, hasta rodeado por una decoración que lo engrandece, toda la pompa, se sienten las dudas, la timidez y, al mismo tiempo, el miedo a parar, la forma artificial como va ampliando las frases, y algo más, y siempre algo más, solo para evitar algún apuro. Me da pena este hombre. Ha hecho un camino de buen funcionario para llegar aquí.

Como sucede cuando estoy en casa, cuando él está en blanco y negro, tengo la suerte de dejar de oírlo. En casa, porque ha entrado mi suegra, se mueve sin querer molestar, pero sus gestos provocan un silencio ostensivo que se impone sobre todos los sonidos; aquí, porque prefiero concentrarme en detalles, analizar este momento, sé que voy a querer contárselo a mi tío Joaquim. Por eso, sigo espaciadamente lo que dice, hay términos que destacan, como si tuviesen una densidad diferente, atraviesan la comprensión. Por ejemplo, la palabra «provincia», muy lejos: si quiere agradar, intenta decir alguna banalidad sobre Campo Maior, habla del Alentejo, más allá del Tajo o, en divagación sin rumbo, dice la palabra «provincia» como si hablase de todo lo que no puede ver desde esta ventana. Si usa el plural, provincias, se aleja todavía más. En ese caso, puede ir hasta Timor, provincias ultramarinas.

A propósito de vocabulario, pena es una palabra que humilla. Tal vez piedad, compasión o incluso ternura sean palabras mejor elegidas. Miro a este hombre bien peinado, la contención con que se mueven sus finos labios, hombre amargado, se nota que no quiere estar aquí y, sin embargo, no tiene otro sitio donde estar. A veces, parece aprovechar las pausas para imaginarse el futuro que le espera: aún está aquí y ya está allí, en ese punto en que observará con melancolía la lejana constatación de haber estado aquí.

5

Es el entierro del fascismo. Hombres, mozos y chavales avanzan con mucha calma, doblan las rodillas, pero solo demuestran algún progreso a cada dos o tres pasos. En cuanto llegaron a la carretera del cementerio, al final del pueblo, se inflamaron en un griterío que sobrepasó el que ya traían por las calles, donde se exhibieron para mujeres, mozas y chavalas con los codos clavados en los alféizares o asomadas a las puertas.

Podría imaginarse que venían con la garganta fatigada, nada de eso, todavía pueden dar mucho hasta quedarse roncos. El fascismo va tumbado en el ataúd que llevan a hombros, es un montón de cartones y estiércol. Este fascismo no pesa. Vistos desde una nube, puede que haya gorriones con ese alcance, seremos un alboroto barullento que avanza lentamente por la carretera. Dudo de que alguna de estas quejas llegue hasta los restos de nubes que se deshacen allá arriba, indiferentes a tal jaleo. Sin embargo, aquí, en medio de la multitud, esta mezcla de aullidos y carcajadas hace daño a los oídos.

Cuando llegó la novedad de Lisboa estábamos todos trabajando, mañana normalísima de jueves. Las máquinas no llegaron a pararse, los granos de café no tuvieron conocimiento de nada. La palabra fue pasando de boca en boca, bajo el barullo y el aroma del tueste. Hombres y mujeres recibían la información con desconfianza, no querían mostrar enseguida una reacción despavorida, no fuese a ser una alarma adulterada o una broma sin gracia. En materia de tal sensibilidad, bastaba una pequeña incorrección para ocasionar un gran trastorno. Sin embargo, el primer emisario que entró en la fábrica traía restos del entusiasmo original, lo suficiente para asegurar autenticidad.

Campo Maior estaba atravesado por un zumbido. En medio de las conversaciones, las personas repetían la fecha porque sabían que iban a acordarse de ese día por mucho tiempo. Cuando salieron para comer, fueron a buscar información. Con el transistor encendido, mi mujer sabía mucho más que yo. Al volver, nadie se retrasó, las certezas habían adquirido consistencia, pero la euforia aún estaba bajo control. Durante la tarde, los empleados de la fábrica digirieron la comida y la revolución.

Tras la velada y la noche dormida, cuando la madrugada del 26 de abril preparaba su final entre las máquinas paradas, empecé a oír cuchicheos en la calle, al fresco. Era muy temprano, estaba solo en la torrefactora, rodeado de sombras, separé esas voces de los pensamientos, las distinguí: sí, formaban parte del mundo. Caminé en línea recta, abrí el portón y, de repente, el personal no esperaba verme, se sintieron violentos. Eran cerca de una docena. Otros viernes nunca llegaban a aquella hora, todavía faltaba para empezar a trabajar. Uno de ellos, el más atrevido, dijo: patrón, hemos venido a ocupar la fábrica.

Me atraganté, tosí durante unos segundos. Uno de ellos se sintió en la obligación de darme dos o tres palmadas en la espalda. Cuando me enderecé de nuevo, tuve que frotarme los ojos, la mañana empezaba a despuntar. Hombre, déjese de esas cosas, dije, mientras forzaba una risa forzada, sin falta de respeto. Aquel portavoz miró alrededor, buscando apoyo en los ojos de los demás. Pero todos se conocían desde pequeños y me conocían a mí, todos se acordaban del día en que vinieron a pedirme trabajo o en que supieron que quería hablar con ellos para ofrecerles el trabajo que tenían. Al mismo tiempo, todos sabían cómo eran mis días. Cuando no pude mantener la sonrisa, nos quedamos callados, mirándonos los unos a los otros. Aquel silencio se hizo insoportable y uno de ellos lo rompió: ya os dije que era una mala idea. Los demás llenaron el fondo de aquellas palabras con un murmullo. Señor Rui, no haga caso, dijo. Contrariado, como si pusiera un punto final, concluyó: ¿dónde se ha visto algo semejante?

La decisión fue aceptada por todos, unanimidad de brazos invisibles, y la mañana, que mientras tanto ocupaba ya su puesto, tuvo permiso para continuar. Allí nos quedamos, a la entrada, los demás empleados llegando, las mujeres animadas, los hombres sin quitarse las gorras. Corrió entonces la noticia de que alguien había decretado día de fiesta, se perdió la autoría de esa directriz. Antes de media mañana, ya se había marchado todo el mundo. Volví a entrar en la torrefactora, cerré la puerta por dentro y fui a tratar varios asuntos pendientes.

Alguna cabeza fue también la creadora de esta idea de enterrar el fascismo. Si recibió crédito por aquella invención, no llegó a mi conocimiento. A la primera, todos entendieron de qué se trataba, es como el entierro de la sardina. Con la diferencia de que nadie va disfrazado con las ropas que guarda en casa. El llanto fingido es el mismo. Ay, fascismo mío, grita uno, tipo plañidera o viuda, y los demás se echan a reír. Así funciona esta parodia. Circulan por ahí dos o tres garrafas de vino. Echo un vistazo para ver a los compañeros de la edad de mi João Manuel. Falta él, está en Lisboa, estudiando. Al mirarlos, pienso dónde estará ahora. Me inquietan estos muchachos. Antiguamente, con veinte años, se habían hecho más cosas. Quizá alguien esté tocando el armonio, es posible. En ese caso, ha elegido una rapsodia de melodía triste, apropiada para un entierro, y música de cachondeo, de verbena.

En medio de la juerga, a poca distancia de mí, alguien comenta en voz suficientemente alta que el ingeniero, y otros como él, juntaron a la familia, hicieron el petate y zas, desaparecieron por la frontera. A esta hora, ya deben de estar delante de un salmorejo en Sevilla o cortando un trozo de tortilla con el canto del tenedor en Madrid, dependiendo de la dirección que tomasen al salir de Badajoz. No llego a oír cómo sigue la conversación. Tal vez alguien esté tirando cohetes.

Respiraban en el interior del automóvil, limpio y nuevo, el sol atravesaba los cristales cerrados, inicio tibio de la primavera, la radio apagada, el señor Rui llevaba el pecho atravesado por el cinturón de seguridad, la conducción era suave, las curvas amplias, arcos poco pronunciados, carretera buena, alfombra de alquitrán. La voz de la secretaria no perturbaba la suavidad de la conducción, existía entre las demás cosas que también existían. Por eso, la recapitulación que hacía de la agenda para el resto del día no contenía ni una pizca de ansiedad. Seguía punto a punto. Solo cuando mencionó el sitio al que el señor Rui tenía que ir esa tarde se notó un vuelco en el equilibrio del aire. Aunque no hubo ninguna reacción, ningún cambio de expresión ni en el ritmo de la respiración, la secretaria lo sintió y el chófer lo sintió. No lo comentaron ni siquiera en pensamiento.

La mujer y el hombre venían en el coche de atrás, uno de ellos conducía guardando la distancia correcta, se sorprendían con los paisajes del campo, eran lisboetas que miraban alrededor, buscando semáforos. Habían interrumpido la reunión cuando faltaba un tercio, esa parte la dejaron para resolverla durante la comida. Todos entendieron que la invitación presuponía ese orden, el último tercio de la reunión era el más importante.

Llegaron pronto a la Herdade dos Adaens, los neumáticos fueron frenando en el empedrado. El señor Rui salió a la puerta del restaurante, aparcaron los coches unos metros más adelante. Entró, saludó a las empleadas que estaban colocando las mesas, llegó a la cocina, echó un vistazo, le pegó un susto involuntario al personal. Le gustaba ver los aparatos en funcionamiento, máquinas con todas sus piezas, un restaurante o una fábrica. Le pidió a su secretaria que les enseñase la Herdade dos Adaens a los invitados. Mientras se extendía en la explicación, inaugurada hace menos de dos años, turismo, el restaurante, las habitaciones, las piscinas, trozos de frases de folleto, él fue a lavarse las manos. Fue un pretexto para buscar el fondo de sus ojos en el espejo, como el fondo de un lago, especie de nombre primordial, anterior hasta a Rui y a la forma como lo llamaban de niño.

Se acordó del puente sobre el Tajo, el agua abajo. Y pestañeó. Se acordó de cómo era antes aquella finca. Pudo mantenerse tranquilo a la mesa durante casi un minuto, pero alguien se dio cuenta, le inquietó que el señor Rui estuviese solo y mandó dos veces a un camarero a preguntarle si deseaba algo, entrantes, bebida.

Los invitados terminaban la visita; había mucho más que ver, repetía la secretaria. Ya sentados, hicieron sus comentarios agradables, servilletas abiertas sobre las piernas. Como si quisieran esconder la mitad de la cara, estaban por detrás de los menús cuando llegó el hijo del señor Rui. No se levanten, no se levanten, dijo ante el ligero movimiento de sillas mientras se acercaba a la mesa para saludar a su padre. Se dieron un beso serio, un murmullo. Todo el mundo en el restaurante se detuvo para presenciar aquel momento.

Mucho gusto, no se levanten, no se levanten, y el hijo volvió a su propia comida de negocios. Los hombres de su mesa todavía no se habían quitado los abrigos, lo recibieron con opiniones a distancia sobre su padre. Está en buena forma, tal vez le hayan dicho. Aquellos eran hombres que debatían transacciones con el grupo Delta, gente de dinero, diferentes de la mujer y el hombre sin corbata con quienes comían el señor Rui y su secretaria: proyecto personal. El tiempo de aquellas reuniones había pasado, ochenta y nueve años son ochenta y nueve años. En su mesa, mientras hablaban de algo que les interesaba poco, pensaba en la cantidad de veces que había estado en la otra mesa, décadas enteras de vida. Lo echaba de menos y no lo echaba de menos.

Ser alguien con veinte años, confiar de lleno en esas certezas y, sin embargo, a los cuarenta, gran asombro, mirar a la persona que fuimos y descubrir diferencias fundamentales. A partir de ahí, hacer esa valoración de vez en cuando, a lo largo del resto de la vida, y encontrar siempre la misma sorpresa, ligeramente triste. Si hemos dejado de ser quienes éramos, ¿quién pasamos a ser? ¿O será que no hemos dejado de ser quienes éramos y es solo que sabemos mejor quiénes hemos sido siempre?

Comió porciones pequeñas. No tuvo dificultad en tomar las decisiones que le exigía aquella reunión. A veces, de modo disimulado, miraba a su hijo, lo veía conversar animadamente. Esa imagen lo alimentaba. Al final de la comida, pidieron cuatro cafés.

Sueltan ciertos silbidos que, incluso a esta distancia, me dejan los oídos pitando. Son silbidos como látigos, destacan en medio de un infierno de bocinas, gritos de todo tipo, gente con las venas de la frente hinchadas, hasta hay uno que ha venido cargado con cencerros, ha dejado al ganado descansando para venir aquí a castigarnos y, aun así, los silbidos pueden perforar el volumen de ese jaleo y atacarme los oídos.

La mayor parte de las veces empieza con delicadeza, las voces de la multitud se unen como una brisa, después son un ave gigantesca planeando a media altura del estadio. Puede que un jugador haya robado el balón en el medio del campo, también puede haber hecho una finta inesperada. A medida que avanza, o porque iba lanzado en la carrera o porque le pasó el balón a un compañero, va avivando ese rugido colectivo. Si es de los nuestros, se gesta una esperanza ardiente, ahora sí; si es de ellos, intentamos contener la angustia, pero se va descontrolando. Cuando empiezan a rondar el área, todos se vuelven locos. Y uno de ellos remata.

Hay un segundo de incertidumbre, es el tiempo que dura el balón en el aire. No sabemos si llegará a entrar en la portería, no sabemos si el portero va a hacerse con él. Hasta ahora, o no han acertado, o los porteros han tenido siempre una elasticidad felina. Ante cada intento, si es de los nuestros, nos pasamos la palma de la mano por la cara, aprovechamos para limpiarnos el sudor; si es de ellos, hacemos lo mismo.

Para mi gusto, este estadio es uno de los más bonitos. Ahora está lleno, solo de Campo Maior han venido más de treinta autobuses, imagino que otros tantos habrán venido de Aveiro, pero cuando está vacío se ve que es una obra con mucha piedra, hormigón antiguo. La hierba también está cuidada, pero el calor es ya de verano, los hombres se agotan y no encuentran solución a este dilema. Les pesa la responsabilidad. Por la fiesta en la victoria de las semifinales, imaginan lo que será la victoria en la final, nos lo imaginamos todos. A veces, busco a mi João Manuel, está en el banquillo de los suplentes, al lado del entrenador y de los jugadores, quiero tranquilizarlo con la mirada, por telepatía. Pero los nervios están a flor de piel, la Copa de Portugal es algo grande. Cuando mi hijo cogió el Campomaiorense, ya estaba en política, aún no han pasado diez años, verdad, aún no han pasado diez años, ¿quién iba a decir que llegarían aquí? Lo diría él, mi João Manuel siempre lo creyó. Todo el mundo dice que es historia del Alentejo, Dios lo quiera, lo quiera su providencia.

Ya han expulsado a uno del Beira-Mar, mejor así, no es que yo le desee nada malo al chaval, ha salido enfadado, pero así estamos un poco más cerca. No me gusta el juego, prefiero lo seguro, riesgos calculados. Pero, a lo mejor, pensándolo bien, todo es juego. Hasta abrir los ojos por la mañana es un juego, nadie puede estar seguro de lo que va a suceder durante el día; hasta cerrar los ojos por la noche es un juego, nadie puede estar seguro de si los va a abrir a la mañana siguiente.

A estas horas, no hay un alma por las calles de Campo Maior. Esas calles por donde yo andaba de niño, piedras más antiguas que yo, ahora se sorprenden con la soledad en plena luz del día, domingo misterioso, ya son más de las seis y media. E incluso con tantos autobuses llenos, las mujeres cantando en coro, parando para la merienda y el pipí, incluso con tantos automóviles particulares, aún hay gente para llenar las mesas de los bares, ven en la televisión lo mismo que nosotros aquí, o mejor, resuelven mejor las dudas. Como en esta falta, pita el árbitro. Aquí, a poca gente parece interesarle esta falta, es una más, las voces están dispersas.

Entonces, todos los movimientos se realizan en silencio, en una secuencia sin interrupciones: al sacar la falta, un jugador vestido de amarillo pasa hacia atrás, en línea recta, y empieza a correr hacia delante, el que la recibe, con la misma equipación, da dos o tres toques, de un pie al otro, y vuelve a pasársela al primero, que ya está mucho más adelantado y que ya solo piensa en una cosa, recibe el balón, pasa entre dos de los nuestros, entra en el área y, con otros dos defensas delante, remata a su lado izquierdo, el portero se tira, parece una bandera, pero el balón entra pegado al poste, está dentro.

El silencio lo rompe una explosión, el silencio se astilla en mil pedazos. Los amarillos lanzan por los aires todo lo que tienen. El presidente de la república, Jorge Sampaio, se vuelve hacia mí con diplomacia, me encojo de hombros y, a distancia, articulo unas palabras de compromiso, que tal vez no lleguen realmente a salirme de la boca, no sé si llegan a sonar por debajo del barullo. Me doy más prisa buscando la cara de mis nietos, solo mirarlos, educados, también a ellos les basta con mirar a su abuelo, saben lo que les diría. Y mi hijo, en el lateral del campo, con el entrenador y los suplentes, en chaleco, aguantando el calor, mi João Manuel.

Existe el gol, pero ya no existe el instante del gol. Aquí ha sido un segundo y, después, se amedrentó el mundo, esa excitación lo ha invadido todo; allí, en las mesas de los bares de Campo Maior, todavía están parados en ese segundo, lo observan a cámara lenta, ese segundo tarda dos o tres minutos.

Por fin, traen el balón al centro del campo. Inquietos, esperan a que el árbitro pite. Tranquilidad, se pueden hacer muchas cosas en veinte minutos, esta voz me resuena en la cabeza como si estuviese amplificada por los altavoces del estadio. Pero ese tiempo se evapora a una velocidad exagerada, se ha ensanchado el agujero del reloj de arena. Los jugadores del Campomaiorense llevan el símbolo de Delta en las camisetas, empapadas de sudor, y parece que embisten contra un cero gigante, es un cero de metal, de piedra, de cualquier material sólido y hermético. Y se lanzan deslizándose por la hierba para robar el balón, pueden conseguirlo pero, antes del momento decisivo, siempre pasa algo que lo evita. Tarjeta roja para uno de ellos, es el segundo, ya estaban con un jugador menos. Ahora sí, vuelve a decir la misma voz en mi cabeza, ahora difundida por todo lo que es visible e invisible. Y van a tirar la falta, la barrera está lista, pero el portero levanta los brazos y atrapa el balón. Y hacia delante, hacia atrás, a un lado, al otro, e insisten por el mismo lado, y falta, y señala la falta, y sale el balón, tardan en tirarla, la tiran, sale otra vez, extraño trabajo sin fruto. Y problemas, ahora, en este momento angustioso, problemas, todo va a la deriva, de cualquier forma. Tarjeta amarilla y, unos minutos después, tarjeta roja para uno de nuestros jugadores. Ya es suficiente, acaben ya. Pero un golpe franco más, frente a la portería. Esperanza o desesperanza, hay mucha gente aquí que no sabe la diferencia entre esas dos sacudidas. Ahí va el chut, por fin, pega en la barrera y se pierde por encima de la portería, muy lejos.

El árbitro, vestimenta roja y negra, se pone derecho y sopla el silbato. Los nuestros se quedan clavados en el sitio donde están, son como árboles que pierden la fuerza en las rodillas. Los otros echan a correr, no saben adónde ir, dan vueltas hasta tropezarse con algo. Evito mirar a las gradas de nuestro color, me cuesta. Tengo que hablar con la gente de la tribuna. No soy capaz de sonreír enseguida, quizá más tarde. En esta circunstancia, por encima de hombros de chaquetas, miro al campo, mi hijo y sus compañeros dan pasos abatidos. Pienso en todo lo que me gustaría decirle. Entre hombres, muchas veces se callan demasiadas palabras. Me fijo por azar en el entrenador del Beira-Mar, está todavía abrazado al jugador que ha marcado el gol. Y me entero, alguien me lo dice, de que son padre e hijo. ¿Ha visto, señor comendador? Qué casualidad, el entrenador y el jugador que ha marcado el gol son padre e hijo.

6

Antes de estallar, las gotas me presionan la piel, las siento golpearme en varios puntos del cuerpo, redondas, sobre la ropa. Después se rompe su capa y se derraman sobre mí, por el pelo, la cara, la garganta, el cuello de la camisa, la chaqueta, los pantalones, la tela empapada y llegándome a la piel, por donde se deslizan, agua medio helada, enero, medio tibia, calentada por mi sangre. Bajo esta lluvia, ruda intemperie, la cal de las casas recupera su primer blanco, las esquinas se suavizan. Es difícil abrir los ojos en las calles de Campo Maior, el agua me entra por la boca, tiene el sabor fresco de esta hora, la noche aún joven, algo del largo amargor de la tarde, una impresión calcárea que presagia la velada y, después, la noche profunda hasta la madrugada.

El mejor lugar para caminar es por en medio de la calle, los aleros chorrean agua a ambos lados. Arcos paralelos de agua escurren de los tejados, solo permiten un paso estrecho y, aun así, al chocar con las piedras de la calzada, se rompen en salpicaduras salvajes, agua saliendo del suelo, de abajo arriba, cruzándose con la que cae del cielo, de arriba abajo. Soy mi pensamiento encerrado dentro de mi cuerpo. Mi cuerpo es un lugar sin decisión, entregado a todo lo que quieran hacer de él. La tempestad no distingue mi cuerpo de cualquier árbol o de cualquier casa, aunque mi cuerpo avance en solitario por las calles de Campo Maior, desafiando al mundo entero, dispuesto a resistir. Y, aun así, si cedo por un segundo al recuerdo del inicio de este camino, redoblo el ánimo. No tengo por dónde huir, arrastro la lluvia conmigo. Pero puedo imaginarme los mínimos detalles de lo poco que falta del camino, tengo convencimientos que me protegen. Y veo la puerta de casa. A través de la noche, veo la puerta de casa.

De repente, la luz de la lámpara de petróleo y el bienestar de las sombras secas, el agua es ahora un ruido exterior sobre el tejado, miro en dirección a los barrotes que sostienen el techo y todo este invierno. Mi padre, al fondo, levanta la voz para pedir toallas, su angustia es austera. A mi alrededor se forma un charco, se llena con toda el agua que cae de mi cuerpo y de mis ropas. Mi padre repite su petición y, cuando mi madre llega con una toalla limpia, la coge con las dos manos y la tira sobre mi cabeza. Bajo esa oscuridad, siento sus dedos frotándome la superficie de la toalla en el pelo, alrededor de las orejas, en la cara. Es brusca su atención, son firmes las palabras con que se preocupa por mí, su hijo. Tengo dieciséis años, con la torpeza de los dedos helados, me desabrocho los botones de la camisa, los hago pasar por los ojales encogidos. Mi padre me pasa la toalla por el pecho, bajo el cuello. Su semblante concentrado es señal de cariño. Mi madre recoge la chaqueta y la camisa. Aún en la entrada, con paciencia, me agacho y me desato los cordones de las botas, se las doy a mi madre, así como los calcetines empapados. Mis pies, blancos, recuperan articulación; los dedos de los pies, húmedos, aprovechan para rozarse los unos con los otros, para sentirse. Mi padre ya ha vuelto a su puesto. Con el tronco desnudo, la toalla al hombro, voy a cambiarme de ropa.

Vuelvo a la cocina, sorprendido de que casi no haya existido el tiempo que estuve solo en la habitación, secándome la piel y mojando otra toalla, dejándola embebida en agua, también eligiendo esta ropa, suave, aún con el recuerdo de la plancha de brasas, mi madre avivando ese fuego, su puño alrededor del mango de madera, el peso del metal. Con el pelo bien peinado, las rayas del peine, me acerco a mi padre. Nos quedamos en silencio ante la lumbre, halo que nos envuelve. Sin dejar de mirar una llama pequeñita, que tiembla encima de un tronco, mi padre me pregunta por qué no he esperado un poco antes de salir de la torrefactora. El sonido de la lluvia sobre el tejado es ya más ligero, tengo que aguzar el oído para distinguirlo, quizá haya terminado. Después, me pregunta por el trabajo en la torrefactora, y alza la vista para verme. Este interés me conmueve, es concreto como determinadas palabras. Mi padre me mira, espera mi respuesta, me escucha, confía en lo que le digo. La atención de mi padre se parece al orgullo. Soy un hombre de dieciséis años, soy suficiente. La atención de mi padre deshace todas las dudas, hace que se evaporen.

Los músculos se recuperan ahora de un día entero sin descanso, atravesados por venas que empiezan a calmar la circulación. Comparto ideas que me salen de la cabeza por primera vez, adquieren realidad inequívoca. Y acabo de hablar, existe el silencio del fuego. Sentimos ese silencio durante un tiempo. Poco a poco, mi padre entra en la historia de la marca Camelo, café Camelo. No es la primera vez que la oigo, me la han contado muchas veces. Mis ojos han sido testigos de esa historia y, sin embargo, solo la he entendido del todo al escucharla, narración libre en la voz de mi padre y en diálogo, charlas entre mi tío y él. Vuelvo ahora a este enredo agradable, narrado con las mismas palabras que cuando llevaba pantalones cortos, aún en la escuela, un niño. La sucesión natural de las frases añade valor a la existencia, aumenta este instante, tiempo inundado de pasado y futuro. Escucho la voz de mi padre, siento su mirada, la lámpara de petróleo, las sombras de la casa, y tengo dieciséis años: la presencia de mi padre, la seguridad total que permite esa presencia, sin saber todavía lo que es el mundo. No volveré nunca más a estos días sin muerte, a esta inocencia, el trabajo contra todos los obstáculos, el trabajo resolviéndolo todo. Sí, soy un hombre de dieciséis años pero, por un instante, descanso ahora de ese peso.

Se acordó de su padre, el rostro de su padre vino a la superficie, nítido, los ojos vivos, y el sonido de su voz, algunas expresiones que usaba, su forma de decirlas.

En la claridad del despacho, la tarde. En un fondo empañado, la secretaria enumeraba razones, sintaxis, vocabulario: aquel texto se alzaba ante ellos, articulado como un esquema: temas que se subdividían, que establecían relaciones e interrelaciones con otros temas que, a su vez, también se subdividían. Pero la secretaria escogió una frase en que lo nombraba, señor Rui, y él tuvo que entender cuál era la reacción esperada.

Al final, era solo un detalle retórico, volvió a sus pensamientos. No valía la pena llevarle la contraria a días como aquel. En esa materia, aceptaba lo inevitable. Ese es el discernimiento de los gestores: forzar es desgastarse. Aquel día había llegado con su propio carácter. El sitio al que tenía que ir aquella tarde no lo dejaba concentrarse en otros asuntos. Pero hacía mucho que había aprendido a llevar días así. Tenía el talento suficiente para aislarse cuando era necesario, para quitar las manos del volante y ver el funcionamiento de lo que había preparado con antelación, a lo largo de los años.

Recibía informaciones sobre el centro educativo bautizado con el nombre de su mujer, Alice, no se cansaba nunca de repetir ese nombre en la intimidad. Le gustaba especialmente seguir los proyectos de ese tipo, evaluación de rumbo y desempeño, pero no valía la pena llevarle la contraria a días como aquel. En Campo Maior estaba el sitio al que tenía que ir aquella tarde, así como toda una agenda de compromisos; en sus pensamientos, tenía otras muchas oportunidades.

Recordó el puente sobre el Tajo, el agua abajo. Y pestañeó. La secretaria volvió a decir su nombre, señor Rui. Esta vez, se trataba de aceptar una constatación evidente, y lo hizo.

Recordó a su padre, la luz de la lámpara de petróleo, el olor de la mecha de la lámpara de petróleo, la llama entretenida en cogerle la punta, línea incandescente, y la otra parte de la mecha, sumergida en petróleo de color rosa, enrollada en el interior del depósito, su padre mirándolo. Dentro de ese recuerdo, tenía dieciséis años.

Con dieciséis años, no se imaginaba todo el tiempo que tendría que vivir sin su padre, no se imaginaba que habría un periodo enorme de su vida en que estaría obligado a vivir con la idea de no volver a tener padre. Seguirían pasando cosas, el progreso de la historia, pero no volvería a tener padre. Con dieciséis años, solo tenía ojos para lo que pasase el mismo día y al día siguiente, pero con ochenta y nueve, comprendió que tal vez su padre ya lo supiese. Creyó que tal vez su padre lo mirase y ya lo supiese porque él, cuando miraba a sus hijos, a sus nietos y bisnietos, ya lo sabía.

A veces, descanso la cabeza en la acción de la máquina de tostar granos de café. Ese trabajo no necesita mi pensamiento, el cuerpo se mueve autónomo, los pequeños pasos, las articulaciones de los codos, también el ejercicio anatómico, otra máquina, los músculos coordinados con los huesos, pero el pensamiento se abstrae, divaga por donde lo quiera llevar o por donde lo lleven mareas invisibles, inclinaciones de un terreno inefable. Existe el sudor, grueso y cálido, hay una parte de mí que también se tuesta en esa parte, la piel se endurece como el cuero de las botas, pero hasta los sonidos son calculables, los espero con medio instante de antelación y, al llegar, pertenecen a esta naturaleza.

Pero me pueden dar un toque en el hombro o, sobresaliendo entre ruidos, una voz puede llamarme, Rui gritado entre motores. Entonces, tengo que volver por completo al trabajo, hay que resolver algún asunto, una decisión que debo tomar. Así sucede cuando no hay nadie de apoyo en la torrefactora, mi tío, mi hermano, o cuando uno de ellos me pasa a mí la deliberación. Tanto puede ser una elección, ¿aquí o allí?, como puede ser un problema por solucionar, ¿qué hacemos?, como puede ser una cantidad de sacos de café que hay que descargar o cambiar de sitio. En ese momento, la solución es sencilla: los sacos se cogen con los brazos enteros, viene bien abrazarlos o, con más técnica, echárselos al hombro. Cuesta levantar los pies con un saco de café al hombro, la planta de los pies se hunde en el suelo.

Hay por aquí hombres que, aunque me conocen desde pequeño, no saben mi edad, creen que soy mayor. Dieciséis años no es poco, suficiente para saber lo que quiero, pero me parece que estos hombres, que ya han pasado los treinta, y algunos mucho más, no tendrían la misma deferencia en el trato si les importase la edad. Cuando no tienen el doble que yo es porque tienen el triple, con hijos como yo o mayores, algunos también trabajan aquí. Los hombres saben mi edad, pero la olvidan a propósito, me hablan con la misma consideración y respeto con que yo les hablo a ellos.

Noté movimiento a primera hora de la mañana y última hora de la tarde. Comparándolo con otros martes, no se aflojó el ritmo, lo que hay que hacer no cambia, puede tener muchas formas, pero nunca deja de ser lo que hay que hacer. La gran diferencia fue el recuerdo de la voz de mi madre, exhalada desde las sombras de la madrugada, las llamas ardiendo en la lumbre, un trozo de corteza partido con los dientes, ablandado con café. Ese recuerdo me ha acompañado todo el día, la voz de mi madre diciéndome que mi padre estará hoy en casa, cuando vuelva del trabajo, asegurándomelo. Esta noche, por fin, el señor, la mujer y el hijo del señor le permiten venir a casa.

Al poner el primer pie en la calle, desde el amanecer, este ha sido un día gris en todo, la luz trae ese color del cielo, la lluvia va y viene, provoca grandes remojones y se detiene, vuelve a caer y vuelve a creer que ha llegado el momento de descansar. Pero ese gris no me tapó los ojos. Mi padre vendrá derrengado, agotado de hacerse cargo del hijo perturbado del señor. Los medicamentos calman al muchacho cuando consiguen que los tome, pero no hay boticas que arreglen cables cortados, tornillos en falta. Se nota en los gestos de mi padre, en la manera como pronuncia ciertas palabras cuando describe impresiones, nunca con todos los detalles, que la locura del hijo del señor es difícil. Pero, más allá del trabajo de chófer, y de dos o tres cosas más, le encargan el cuidado de ese chico, no saben tratarlo, solo se tranquiliza con mi padre.

Ha caído la tarde. He terminado de ordenar algunos restos, he cerrado este día y he dejado el día de mañana listo para empezar. Me acerco al portón, donde hay un grupo de hombres esperando. Están aquí desde que acabaron su turno, los rostros iluminados por la lluvia. Es un caso serio, dice uno, como si tuviese que poner subtítulos al espectáculo que están presenciando: borrasca de gotas consistentes, agua ruidosa que se une formando mareas y corrientes, parece agua que se quiere llevar todo por delante. Me abrocho la chaqueta hasta arriba para lanzarme al camino. Alguien me pregunta por qué no espero un poco antes de salir de la torrefactora. Sonrío, esa es mi respuesta. Hoy no puedo esperar. Tengo a mi padre en casa.

En cuanto empecé la maniobra para aparcar, dejó de llover. Los limpiaparabrisas, que se deslizaban por la superficie de cristal con arcos honestos, patinaban de repente en su camino, desajustados, pesarosos por su incapacidad, la goma en el cristal seco. Hasta tengo la sensación de que el sol brilló durante esos breves pasos hasta el gobierno civil, toda la plaza del Corro brilló, y las casas de Portalegre, tanto la cal como la piedra; y también los estudiantes del instituto, deben de estar en la hora del recreo, animados; pero en cuanto he cruzado la puerta del gobierno civil, ahora mismo, ha empezado de nuevo a llover. El policía que estaba en la acera, vigilando a ambos lados, se recoge aprisa, no le gusta la humedad en el uniforme.

Qué suerte, sacudo los brazos sin darme cuenta, no por necesidad, los cielos se han empeñado en librarme del agua.

Llevo esa sonrisa hasta la secretaria del gobernador. Normalmente muy amable, y ganas de charlar, y siempre con unas cosas y otras, con permiso, por favor, tiene mala cara. La pobre tendrá sus preocupaciones, como todos. Hace mucho que no nos vemos en persona, el ánimo de las personas da muchas vueltas, así es la vida, trabajo de días, meses y estaciones. Tengo ganas de consolarla, pero me quedo callado, claro; podría ser mal entendido. Fue la secretaria del gobernador quien hizo el contacto telefónico y dejó el recado con la indicación de la hora. No me he atrasado, pero oigo cómo me dice seria que espere y, con la misma cara, la moza se extingue en la puerta alta del despacho. Desprotegido, tengo que doblar todo el cuello para apreciar el techo, magnífica obra de arte. Inspiro profundamente los ruidos del palacete. Y aquí está ella de vuelta, derecha al lado de la puerta, dando paso solemne al gabinete del gobernador.

La puerta se cierra sola detrás de mí. Aún me queda algo de sonrisa que enseñarle al gobernador, hombre de traje negro, corbata negra, dueño de un pequeño mundo. Mi desvelo choca contra una muralla, los ojos del gobernador hierven en el silencio. En una situación normal, quizá llegasen ruidos de fuera atravesando las paredes, por más gruesas que sean, atravesando la ventana cerrada, cristales de otro tiempo, pasando por debajo de la puerta, pegados al suelo enmoquetado, pero la tensión carga el ambiente, la cara contraída alrededor de los labios. Se sienten los segundos. Entonces, finalmente, con los puños cerrados sobre el mueble que tiene delante, a poca distancia de un tintero de palo santo y plata, midiendo cada palabra, el gobernador me dice que no valgo para alcalde, que no tengo madera, dice que tengo que encontrar una salida, dejar sitio a otro que sea más apropiado para el cargo.

Dudo del idioma que escucho, frunzo el ceño para intentar entenderlo. ¿Qué razones tiene el gobernador para esto?

Algo ha perdido su sentido, la lógica se ha roto como una cerilla. La sangre me palpita en las sienes. Tengo garganta, pero parece no funcionar. Dentro de mi cabeza, una única duda: ¿por qué?

7

Porque me recibió Marcello Caetano. El gobernador civil de Portalegre está lejos de la formalidad esperable, a la deriva en una furia repentina con tendencia a agravarse, porque me recibió Marcello Caetano. Ante mi asombro, lo veo cada vez más perdido. Su perfil gana aristas, sus movimientos son bruscos, abre y cierra la boca con rispidez, como si las palabras viniesen una a una y fuesen deformes. A Marcello Cetano lo llama siempre presidente del consejo de ministros, le quedan esos tics, o porque quiere mantener una mínima rectitud, o porque no conoce más que ese lenguaje notarial. Pero su violencia va en aumento y llega al punto de una exaltación en que sería más adecuado el uso de términos más llanos. Ahora entiendo la angustia de la secretaria, debe de estar detrás de la puerta, temblando.

Aun así, quizá al intentar contenerse, al intentar reducir la ira, el gobernador hace pausas para titubear. Esos segundos me permiten prestar alguna atención al despacho, descanso mirando los libros en las estanterías, lomos de piel, la lluvia volviendo opacos los cristales, las formas afuera contrayéndose bajo el agua. Y el hombre vuelve, no se puede ni imaginar que, en pensamientos como este, lo trato por hombre. Los gobernadores así no quieren ser hombres, prefieren ser señores. Creen que nacieron ya con ese derecho porque, en cuanto salieron del organismo de su madre, encontraron quien les enseñase esas distinciones, gente que a unos pide y a otros ordena.

Probablemente, fue por ese convencimiento aristocrático por lo que se dejó bigote, cortado a tijera, esculpido con cera, incapaz de encontrar su sitio sobre el labio superior, bigote oblicuo e inquieto. Me pregunta qué he ido a hacer a São Bento, por qué he pedido audiencia con el presidente del consejo de ministros. El bigote se descoyunta a un lado y a otro, reposa al final de la pregunta. Puede que este silencio sea una trampa, puede que él ya sepa la respuesta y solo quiera ponerme a prueba. Mi voz, tranquila, contrasta con el eco de su alboroto. La vibración de su cólera, narices hinchadas, permanece todavía, invisible. Con mis primeras sílabas noto enseguida que, para un hombre encolerizado como este, la tranquilidad con que le respondo puede sonar a provocación. Menos mal.

Con toda la pompa que también soy capaz de articular, informo al señor gobernador civil de Portalegre de que he mantenido un breve encuentro con Su Excelencia, el presidente del consejo de ministros, con la intención de invitarlo a visitar las fiestas del pueblo, en Campo Maior. Como si me estuviese oyendo, menea la cabeza manifestando un acuerdo artificial y, dando casi un puño en la mesa, me pregunta cómo conseguí ese encuentro, pronuncia la palabra «encuentro» con ironía. Pero ya no espera la respuesta, ha renunciado a ella, prefiere repetir que no valgo para alcalde, y enumera la escala jerárquica de la administración pública, destacando su puesto entre Lisboa y yo. Lo repite tres o cuatro veces, pierdo la cuenta. Para gobernadores de esta casta, peor que no ganarse el respeto es empeñarse en hacerse respetar.

A mitad de tarde, el día cambió. Mientras caminaba por la fábrica en compañía de uno de los encargados, dejó de aislarse de lo que le rodeaba porque, en los instantes en que lo hacía, recordaba el sitio al que tenía que ir aquella tarde y, peor, recordaba que aquella ya era esa tarde.

A lo largo de las máquinas y del movimiento de los trabajadores, mientras caminaba por la fábrica de Novadelta, su sueño industrial, dejaba el reloj abandonado en la muñeca, los brazos como columpios rectos paralelos al cuerpo, el reloj a la izquierda, cíclicamente adelantando y siendo adelantado. Tenía la esperanza de poder olvidar esa herramienta.

El tiempo solo existe cuando nos paramos.

La claridad irradiaba de las placas transparentes de arriba, pegadas al techo, y de las bombillas colgadas en localizaciones medidas, geometría. En la calle lo esperaba el chófer. No necesitaba reloj para saber que era la hora, aún tenía que pasar por casa, cambiarse de corbata; pero siempre encontraba algún asunto relevante, preguntaba al encargado, se conocían desde hacía décadas, y volvían a atravesar la fábrica, en línea recta, en dirección al empleado que pudiera responder.

Se acordó del puente sobre el Tajo, agua. Pestañeó.

Finalmente, oída la respuesta a la pregunta que había formulado, se interesaba desmesuradamente por lo que el trabajador tenía que decirle. Profundizaba en el tema con un interrogatorio que obligaba a ese funcionario a llamar al otro, un especialista, porque ciertos detalles escapaban a su conocimiento. Había que encontrar algo muy específico para que aquel hombre, empleado que había pasado por todas las categorías del oficio, no supiese responder, pero el señor Rui llegaba a esos recovecos. Necesidad e ingenio: mientras estaba allí, no estaba en el sitio al que tenía que ir esa tarde.

No sé si llueve. Por la perspectiva, la ventana no me deja verlo. El cielo sigue blanco, como las casas de Portalegre en mi memoria. Los estudiantes del instituto deben de haber vuelto al recreo, por la sordina que tienen en la boca y que, aun así, llega aquí, entra en este despacho, como si floreciese del silencio que se ha instituido en los últimos minutos, tal vez minutos, es difícil medir el tiempo en el interior de este asunto inacabado.

Cuando estoy a punto de empañar la visión de la forma como el gobernador suspendió la suya, surge el inicio de una palabra. Se nota desde la primera sílaba: el gobernador ha vuelto a la templanza. Tras haberse liberado del ímpetu, rabioso festival de perdigones, vuelve a la paciencia, estrategia de ajedrecista. El gobernador y su bigote se preguntan: ¿cómo pudo conseguir que lo haya recibido el presidente del consejo de ministros?

Mi recorrido como alcalde interino del Ayuntamiento de Campo Maior finaliza aquí. Ha sido una digna quimera, encontraré otras formas de hacer algo por mi tierra. La industria tiene mucho que ofrecer al pueblo. El gobernador civil me sigue mirando, pero no obtendrá respuesta, que llene la barriga con estas omisiones.

Cuando preguntó si teníamos algo de comer, lo compartimos con gusto. Por su porte, chaqué, educación, brillantina, comprendí que era una figura célebre, pero me sorprendí cuando se presentó como diputado de la asamblea nacional. Es verdad que están aquí los más importantes, pero, aun así, no se corta todos los días una rebanada de pan para un diputado. Se lo comió con voracidad y llamó a un amigo, ¿no les importa? Le corté también una rebanada, más fina. Aquí, casi en las últimas filas de la tribuna, podemos comer tranquilamente. Al empezar los discursos, mis compañeros y yo nos miramos con la misma idea. Diez minutos después, perfectamente coordinados, uno sacó el pan del bolsillo interior del abrigo, el otro sacó el chorizo, yo abrí la navaja e hice el reparto. Todo pequeñito, solo un bocado, cuando se acercó el diputado ya no había chorizo y sobraba un mendrugo de pan, a los discursos aún les faltaba para acabar, todavía siguen.

No parecen sucesos de hoy, son como un recuerdo de hace mucho tiempo. Las calles de Campo Maior estaban desiertas. Ya había pasado por la casa del primero, paramos frente a la puerta del segundo, el ruido del motor llenaba la calle, la luz de los faros abría un camino entre el empedrado y la cal. Se abrió la puerta, lo vimos salir con la merienda. Se sentó en el asiento de atrás, donde estaba mi João Manuel con doce años y ojos soñolientos. Respirábamos un olor a agua de colonia, cebolla y vino tinto, olor de madrugada, aire fino, fresco. Habíamos comido antes de salir, pero el recuerdo de la merienda sentó bien. La mujer del segundo compañero se asomó a la ventana para despedirse.

La invitación para la inauguración del puente sobre el Tajo causó alboroto en el Ayuntamiento, todo el mundo quiso pronunciarse pero, el día antes, solo estos dos compañeros y yo quedamos para ir juntos. Tuve que convencer a mi hijo para que viniese, recordaba otros viajes, mareos y mareos, menuda broma. En el momento en que entré en mi coche, antes de recoger a todos los pasajeros y de emprender camino a Lisboa, aún se notaba la hora en el aire, era noche cerrada, solo de modo formal se podía hablar de madrugada, el día quedaba lejos. Hicimos horas de kilómetros en silencio, los olivos empezaron siendo sombras que existían en el interior de la oscuridad, pasaban a nuestro lado como pensamientos pero, poco a poco, en varias tonalidades, los olivos ganaron nitidez, olivos azules, olivos grises y, por fin, olivos rojos, olivos amarillos bajo un sol ya en lo alto.

Cuando nos acercamos a la obra, carreteras nuevas, el automóvil deslizándose sorprendido y, tras enseñar los papeles, invitación, autorización, identificación, cuando aparqué en el sitio que nos dijeron, el compañero del asiento de delante, a mi lado, envolvió un pan en una servilleta y se lo echó al bolsillo. Antes de salir del coche, mientras yo le daba a la manivela para subir el cristal de la ventana, el del asiento de atrás se ofreció para llevar la mitad del chorizo, también envuelta. Estiramos las piernas, repasamos la raya de los pantalones y nos bastó seguir el movimiento de la gente para llegar a la explanada del peaje. Mi João Manuel, que había dormido durante casi todo el viaje, estaba ya bien animado, iba unos cuantos pasos por delante de nosotros.

Discretamente, le señalo al diputado las miguitas, es él quien se las sacude de la solapa. Susurrando por debajo de las palabras altivas, amplificadas, que algunas personas fingen escuchar, los diputados se presentan. Nosotros también nos presentamos. Gente maja, me dan buena impresión estos hombres, nos entendemos y, por eso, cuando oigo que son de Viseu, menciono el Hotel Grão Vasco, donde estuve de luna de miel, ¿lo conoce? Claro que lo conoce y ahí encontramos otra coincidencia, conocemos los mismos sitios. Le doy mi tarjeta de visita: Delta, propietario y gerente. Tras leerla, abre la cartera, la guarda en lugar seguro y saca una de sus tarjetas de visita, la coge por una esquina, entre el pulgar y el índice, me la da. Susurrando para no perturbar el discurso, que va aumentando su pasión, me dice que le llame cuando quiera, de verdad, llámeme cuando necesite lo que sea. Nos despedimos con un movimiento de cabeza, gesto del mentón y la mirada. Mientras los diputados vuelven a su sitio, suena un aplauso. Todo el mundo aplaude el discurso que acaba de terminar pero, en mi cabeza, parece que aplauden este momento, como si hoy se inaugurasen más puentes que este que atraviesa el Tajo.

La mañana va pasando, no sorprende que a los diputados les entrase hambre al vernos comer algo. Desde que nos sentamos aquí, cuando nos indicaron esta parte de la tribuna, ya vimos un poco de todo: la banda de marina tocando el himno nacional, el bombo tronando con cada arranque del estribillo, haciendo eco dentro de las costillas; los buques lanzando salvas de disparos en el río, menos potentes que el bombo, más lejanos, y mis compañeros bromeando, vas a ver como al final se cargan el puente, antes de inaugurarlo; las condecoraciones a los obreros del puente, remesa de ingenieros; y los discursos oficiales, seguimos esperando que acaben.

Hay multitudes en el terraplén que baja de la estatua del Cristo Rey, hay gente por todos lados, hasta arriba, a los pies de la estatua. Entre el pueblo, quien llegó desprevenido se pone lo que puede sobre la cabeza: una camiseta, las manos abiertas o uno de esos sombreros baratos de papel que venden por cuatro perras. Hasta aquí, bajo la lona de la tribuna, ya he oído quejas del sol. Si probasen una parte del calor de Campo Maior, tal vez no desperdiciasen el aliento con tanto palique. Mis compañeros no parecen comprender estas quejas, las oyen con la misma expresión con que son testigos de otras escenas a las que no encuentran sentido, disimulan.

En todos los discursos se cita, casi siempre más de una vez, la fecha de hoy: 6 de agosto de 1966. No hay duda de que este día será recordado en los calendarios, una efeméride de nuestro tiempo y de nuestras vidas. Tengo treinta y cinco años: desde que nací hasta ahora, ¿cuáles son las fechas más importantes de mi vida? Los días que nacieron mis hijos, el día que murió mi padre, la boda, el día que decidí fundar Delta. Pero, estoy seguro, también existe el futuro, y es enorme: días de febrero, de mayo o de octubre que pasan ahora sin notarlos. Martes anónimos, como cuando no sabemos a qué día estamos, y le preguntamos a alguien: ¿qué día es hoy? Pero, en el futuro, sucederá algo que marcará ese día para siempre en nuestra historia. Como la bola de la ruleta que gira y gira y cae sobre un número. Entonces, a partir de ahí, ese no será un día como los demás, marcará para siempre algo muy bueno o muy malo, que recordaremos con especial claridad ese día, o porque queremos celebrarlo, o porque insiste en hacernos daño, herida.

Acaba el último discurso y, a pesar del protocolo y de la delicadeza, todo el mundo quiere estirar los músculos, dar movimiento al cuerpo, olvidar por un momento la pasividad. Al bajar de la tribuna, vuelve a haber cielo, y vuela un helicóptero, insecto que no nos deja, se aleja y regresa a cada rato, sus caminos son redondos. Me alegra que mi João Manuel vea todo esto. Entre la multitud, hay cámaras de televisión en varios puntos, una parte de ellas dirigidas al presidente de la república, al cardenal y al presidente del consejo. Mis compañeros me avisan: me pongo de puntillas y, a lo lejos, veo a los diputados de hace poco saludando a las más altas autoridades. Nunca se debe despreciar a un humilde pedigüeño.

Hay un aplauso colectivo en el momento en que sueltan miles de palomas, se esparcen por el cielo, como la representación visual de este aplauso, de toda la excitación que se siente. Mi reloj va bien, es casi la una de la tarde. Tras la inauguración solemne del puente, se canta de nuevo el himno nacional, fin apoteósico con cohetes. Las cámaras de televisión son como animales pesados que no saben adónde mirar. Pienso que probablemente mi mujer, Alice, me podrá ver en Campo Maior, imagino esa trascendencia.

Caminamos lentamente hasta el automóvil, aprovechamos para comparar ideas. Mi hijo es el más sorprendido: ¿y esto?, ¿y aquello?, ¿y lo otro? Sin orden, al ritmo al que le atraviesan la cabeza, recuerda imágenes de las que hemos sido testigos hace un momento. Buscamos una de las pocas sombras para acabar con lo que queda de la merienda, que nos esperaba en el coche. Es poco y está caliente, pan recién salido del horno, chorizo de la chimenea, vino a punto de hervir. Esperamos a las tres de la tarde, hay mucho que ver por los alrededores.

Faltan algunos minutos hasta la hora exacta, pero los coches ya están listos, alineados en la carretera, algunos con los motores carburando. Sudamos. Pasan unos minutos de las tres, como habíamos quedado, cuando empezamos a movernos, procesión lenta, pero llega el momento en que vemos el puente acercarse, gigante, rojo moderno, pilares irreales hacia el cielo, y los automóviles avanzan por el puente, ejército de latas, se escuchan las voces de la gente, salen por las ventanas abiertas, sorpresa tantas veces imaginada. Y los neumáticos pisan efectivamente el puente, estamos a tanta distancia del río, tanta altura, es como si volásemos, Lisboa está al fondo, bonita ciudad. Para bien y para mal, es a esta ciudad a la que respondemos. Tengo que traer aquí a Alice y a Helena, mi mujer sentada delante, mi suegra sentada detrás con los nietos. Y pasarán por aquí muchos cargamentos de la empresa. Que estos tornillos estén bien apretados, porque van a pasar por aquí muchos cargamentos de café, tostado y embalado, será una ventaja para la empresa.

Llegamos emocionados al final del puente, seguimos las corrientes del tráfico para entrar en Lisboa, admiramos las placas, letras tan correctas. Ni mis compañeros ni yo somos de exagerar en este tipo de conversaciones, cada cual se guarda lo que ha sentido. También en silencio, João Manuel, con sus doce años, parece haber adquirido esa madurez repentina. Por la noche habrá cena de gala, fiesta y fuegos artificiales, pero mañana, a pesar de ser domingo, necesito compensar este descanso. Poco a poco, frenando o reduciendo marchas y, después, acelerando con ganas, me libro de la multitud, atravieso Lisboa y sigo derecho al puente de Vila Franca de Xira, viejo amigo.

El señor Rui no se acordó de nada, se quedó absorto en aquella lógica, pudo ampararse en el cálculo. Pero, enseguida, en un descuido, se acordó de la escuela, se queda Rui, el profesor mandándole vigilar a sus compañeros, lluvia cayendo en los cristales de las ventanas de la escuela. Se acordó de, no. No. Interrumpió los recuerdos. La memoria puede ser insoportable. Volvió a la fábrica, volvió al lugar donde estaba.

La fábrica conservaba los sonidos y la temperatura. Los empleados anticipaban los gestos siguientes. En ciertos momentos, levantaban el mentón para ver al encargado y al patrón dando vueltas. Las voces se escuchaban entre las máquinas pero, a esa distancia, eran incomprensibles.

Como en un juego, el encargado ya había asimilado el ritmo. La atención que el señor Rui ponía en la conversación, en los detalles de la información y del rostro, buscando alguna duda, era la atención con que el encargado elegía los términos y evaluaba la recepción ante lo que decía. Tenían los ojos clavados el uno en el otro, todo lo demás giraba alrededor de ese centro. Era un juego de reacciones inmediatas.

Por eso, con el balance que traía, cuando el señor Rui no pudo interrumpir el compás y formuló una nueva pregunta, el encargado iba ya a responder, inclinó el cuerpo buscando la posición para dar la mejor respuesta, la más apropiada, pero el señor Rui lo interrumpió.

Basta, se dijo a sí mismo, pensó. No podía seguir atrasándolo. Había un sitio donde tenía que ir.

8

Le pareció que el chófer empezó a levantar el pie del acelerador antes de llegar al tanatorio. A partir de un cierto instante, las calles que bajaban se frenaron en la ventanilla del coche, las fachadas pasando, bidimensionales, el blanco de unas para continuar en el blanco de otras. Tal vez esa desaceleración haya empezado cuando dejó los recuerdos de casa, recuerdos recientes, la mujer queriendo ayudarlo, ven aquí, la mujer colocándole la corbata, Alice, hace solo unos minutos, Alice, la mujer sentada, él inclinado sobre ella, la mujer con los dos brazos estirados, retocándole la corbata negra. El automóvil, moderno, no permitía sacar conclusiones por el ruido del motor. Quizá levantó el pie por sensibilidad. Los neumáticos en el empedrado, la goma de los neumáticos en el granito del empedrado. Pero al levantar el pie, en vez de retrasar el tiempo, cargaba cada instante aún con más fatalidad. Las calles se sucedían, inevitables, caminos que el señor Rui tenía grabados. Ha estado por medio mundo, pero Campo Maior es incomparable. Hay pensamientos en el interior del silencio y de la cal. Campo Maior es un pueblo que piensa.

Y, a pesar de tantas advertencias, por fin pararon frente al tanatorio. Con otra preparación y criterio, habría pedido al chófer que buscase sitio al lado, un par de metros antes o después. Quienes estaban cerca de la puerta, a la entrada, hombres con las manos a la espalda, se quedaron petrificados, ni un gesto, ni una palabra, solo los miraban, analizando cada movimiento. Y, de repente, por imposición o contingencia, cada movimiento se transformó en una etapa, las rodillas bloqueadas, los tobillos también, hasta ciertas articulaciones en las que no se había fijado nunca decidieron dejar de cooperar. Ante esa falta de agilidad, salió del automóvil con gestos maltrechos: una pierna no se desdoblaba y, después, se estiraba demasiado, el pie buscando el suelo, un hombro hacia dentro, sin querer enderezarse. También al subir, escalera con una decena de escalones mal contados, encontró la misma dificultad, le costó articular las piernas en un ángulo, agarrado a la barandilla. El chófer, que ya había aparcado, se acercó apresurado, pero no llegó a ofrecerle ayuda. Antes, el señor Rui giró el tronco y lo detuvo con la mirada, no necesitó abrir la boca.

Cuando llegó a lo alto de la escalera, a dos pasos de entrar en el tanatorio, estaba solo. Los hombres a su alrededor no contaban. La tarde olía a humo de cigarros sin filtro, ceniza ácida. Los hombres todavía lo miraban, no habían dejado de seguirlo, pero también ellos comprendieron que, a pesar de estar allí, físicamente, en realidad estaba en otro lugar distinto, al que no podrían llegar aunque quisiesen. Tal vez fue por eso por lo que no lo saludaron, sería un esfuerzo inútil y ridículo. También el señor Rui reconoció los contrastes. Aún sentado en el coche en marcha, a cierta distancia, reconoció aquellas figuras y, por la manera como charlaban, por la postura corporal, comprendió rápidamente que sentían el velatorio de forma muy diferente a la suya. La claridad de esa percepción brotaba en la memoria. No hacía mucho tiempo, él mismo pensaba igual que aquellos hombres. También él había pertenecido a ese grupo, cuarenta y pico años, cincuenta o sesenta y pico años, creyendo que, ante la edad del difunto, más de ochenta, la muerte era natural, era de esperar.

Morir es uno de los verbos en que hay una separación mayor entre la tercera y la primera persona. Si es él quien muere, así es la vida, puede merecer un instante de pausa, la mirada ligeramente caída, o nada; si es él quien muere, puede no haber cualquier reacción; si soy yo quien muere, explota el universo, no hay otra cosa.

En la víspera, ya después de cenar, cuando llegó la asistenta con el teléfono en la mano, su primer impulso fue reñirle. No eran horas de llamadas y, además, había sido instruida para anunciar quién llamaba y, solo después, tras la aprobación, pasar el aparato. Pero, junto al brazo estirado, estaba el rostro de la asistenta, angustiado. El señor Rui entendió su estado, diga, esperó durante un segundo de silencio, y supo que su amigo más sincero había fallecido en Lisboa, en el hospital de Santa Maria, como se esperaba desde hacía algún tiempo.

Después de colgar prefirió no decir nada, no se sabe adónde miró. En sus sabios pensamientos, su mujer esperó que se lo contase, lo que sucedió cuando estaban en el dormitorio, Alice, Alice. Y volvió al silencio, el señor Rui se durmió imaginando a la mujer de su amigo más sincero, la conocía muy bien, y a los hijos, se durmió imaginándoselos siguiendo al coche fúnebre por las carreteras oscuras hasta Campo Maior, atravesando el puente sobre el Tajo.

Entró en el tanatorio y, sobre las paredes blancas, distinguió en primer lugar precisamente a la mujer de su amigo más sincero, sin fuerza en los hombros, en medio de una prole de hijos, nietos y nueras. La entrada del señor Rui se convirtió en noticia y, por eso, la viuda levantó la frente, se deshizo al verlo. Los nietos fueron a socorrerla. El señor Rui era padrino de tres de esos nietos, también de dos hijos. Pasó junto al ataúd abierto, una mancha en la visión periférica, y se dirigió a la viuda. No necesitaron decirse nada. Cuando ella se levantó, se quedaron mirándose y se cogieron las manos, ella con la pena en el rostro, él escondiéndola, como hacen los hombres. Alrededor estaban los hijos, los nietos y, quizá, algún bisnieto. Cuando llegó su turno, les dio un apretón de manos. Todos demostraron la debida deferencia, el hombre más importante del pueblo, amigo de su padre, padrino, patrón. Como su padre, fallecido el día antes, abuelo para todos esos hijos, todos habían trabajado o todavía trabajaban para el señor Rui. Los dos hijos mayores estaban ya retirados, jugadores de petanca, pero los demás aún hacían una jornada completa, cada uno en su área.

Fue uno de los mayores, cejas canas, quien le señaló el camino hacia el ataúd de su padre. No habría sido necesario, el señor Rui sabía lo que había ido a hacer. El olor de las flores que rodeaban la base del ataúd inundaba el aire del tanatorio. No tuvo que buscar la corona de flores de Delta, la vio enseguida, era la más grande.

Se acordó del velatorio de su propio padre, tenía diecisiete años dentro de ese recuerdo, su madre, su hermano y sus hermanas estaban vagamente detrás de él de la misma forma que, en aquel momento, tenía a la familia de su amigo más sincero detrás de él. Recordó caminar hacia el ataúd de su padre, su cuerpo tumbado, listo para la tierra.

Ya habían pasado unos años desde el momento en que se dio cuenta por primera vez de que iba a demasiados velatorios. Necesitaba esforzarse para evocar ese tiempo, la primera vez que tuvo la sensación de que todo el mundo se estaba muriendo. Después, fue alternando momentos de acostumbrarse a la muerte con otros en que volvía a un desánimo que, aunque cada vez más raro, tenía cada vez más peso. Cuando construyeron este tanatorio, hace como media docena de años, dejó de ir al cementerio. Presumía de la obra ante todo el mundo, pequeña contribución para la política local, pero el verdadero motivo era la angustia creciente que le provocaban los entierros, le fastidiaban la cena de esos días. Iba a demasiados velatorios. No tenía solo la sensación de que todo el mundo se estaba muriendo, empezaba a sentir que todo el mundo estaba ya muerto. Una triste novedad de los ochenta y tantos. Lo que no cambiaba con la edad era el recuerdo del velatorio de su padre. En todas las ceremonias fúnebres, con difuntos más o menos cercanos, siempre se acordaba del velatorio de su padre. Ese era el molde que usaba para el profundo disgusto de la mortalidad.

Al ver a su amigo más sincero, apoyó la barbilla en el inicio del pecho. El muerto estaba viejo. En la piel, gruesa y relajada, abatida sobre el cráneo, color artificial, tal vez la muerte, tal vez el atardecer, la luz extraña que llegaba, pudo ver trazos de antiguos recuerdos. Se acordó de cuando eran niños, jugando; tanto como habían imaginado y, le pareció en aquel momento, no pudieron imaginarse todo lo que ha sido la vida, años y años, rápidos y lentos, llenos. Se acordó de su cara, no la cara que estaba allí muerta, sino la que envejecía cuando se cruzaban en la fábrica, el trabajador que tenía más confianza con el patrón, el amigo más sincero, o en los bautizos de sus hijos y sus nietos, alegre y bien vestido. Recordó la sonrisa, tan sencilla, sincera. Y lo vio serio para siempre, muñeco dormido. Prefirió creer que la corbata era la responsable de aquel nudo seco en la garganta, pero no lo era.

Al día siguiente, sábado por la mañana, mientras su amigo estuviese siendo enterrado, ¿qué estaría haciendo el señor Rui? Llegó a imaginarse rompiendo su costumbre reciente, atravesar el portón, avanzar por el pasillo, entre el mármol, los nombres, fotografías esmaltadas, mucha gente conocida, la sombra de los cipreses, árboles con raíces verticales. A lo largo de aquel viernes, en instantes fugaces, perdido en sus pensamientos, distraído, llegó a considerar la ida al cementerio al día siguiente, la agresión del hoyo abierto, el color y el olor de la tierra, pero fue solo un truco para esquivar la idea del sitio al que tenía que ir aquella tarde, el lugar donde estaba en aquel momento: otra vez el tanatorio, el ataúd de su amigo más sincero. Además, el sábado estaba demasiado cerca del domingo, no quería contaminar las intenciones que había concebido para el domingo, la muerte estaba demasiado cerca de la vida.

Levantó la cara, todavía aquella sala: a un lado, la familia; al otro, las personas que sabían justificar la muerte de un hombre de ochenta y nueve años, casi de su edad, de su año, 1931, tres meses más joven, personas convencidas de que alcanzaban el funcionamiento de la naturaleza, ilusión ingenua. Esta vuelta, a pesar del olor de las flores y de los detergentes con que lavaron el cuerpo, trajo una claridad vítrea a aquel momento, como si él mismo lo entendiese todo de repente. Con su amigo más sincero, juntos, desafiaron tantas veces la frontera, un país y otro país. La muerte es también una frontera, tiene dos lados, podemos mirar a través de esa línea, ver un poco, solo lo que está cerca, e imaginar mucho más. Pero la muerte no permite contrabando. Cuando se va, no hay vuelta posible o, si existe, nada de lo que se puede traer de allí sirve aquí.

Domingo, ese día ya le estaba creciendo en el pensamiento. Despacio, se volvió hacia los familiares de su amigo más sincero. Se despidió con la cabeza, serio, respetuoso, no se esperaba más. Se daban fuerzas los unos a los otros, la viuda era el centro, ella era el centro de atención, ella era la que más lo necesitaba. Se preparaban para la gran noche que estaba a punto de empezar, horas largas, interminables, suplicio que les parecía imposible soportar y, sin embargo, sábado, la mañana del día siguiente nacería ya sobre su luto.

El señor Rui iba ya por el domingo, todavía en la sala del tanatorio, cuando salía. La idea del domingo agilizaba sus pasos. Llegó a la calle, a lo alto de los escalones, a tiempo de encontrar algo de claridad, el cielo de Campo Maior. Inspiró hasta lo más profundo de sus pulmones, sintió la ligereza fresca del aire. Y comprendió en aquel instante que, durante todo el tiempo que había estado allí, no había pronunciado una sola palabra.

9

No se quitó la corbata, solo la chaqueta. Por fin, la cena. Aquel viernes se alargó mucho, durante la sopa y la conversación le vinieron fragmentos de impresiones como relámpagos, rayos que llegaban incluso a interrumpirle el pensamiento. Se fijaba en lo despacio que comía su mujer, Alice, cómo mantenía en equilibrio el caldo en la cuchara, el cuidado que ponía para no perder ni una gota. Sin embargo, de repente, el señor Rui se distraía con detalles concretos de las adelfas junto al estadio del Campomaiorense, por ejemplo, llegaba a poder oler de nuevo aquel perfume; o la clara sensación de estar en el coche, ya cerca de la Herdade dos Adaens, la impresión de que era un instante preciso de la tarde, la luz filtrada por los cristales. Pero su mujer dejaba la cuchara en el plato y apoyaba las muñecas en la mesa, quería descansar de aquella tarea y llamar a su marido a la realidad. Entonces, el señor Rui abandonaba recuerdos fraccionados y, como si sacudiese el rostro, volvía a contarle novedades del velatorio, respondía a las preguntas que le hacía.

Esos minutos, primera parte de la cena, transcurrieron así: la ternura que el señor Rui sentía al observar la persistencia de su mujer y de su bonito nombre, Alice, al observar la forma que tenía de resistir a la dificultad de los cubiertos y de los pequeños gestos; los rayos que caían sin aviso sobre el señor Rui e invadían sus ideas; la vuelta al relato del velatorio, descripción de todos los detalles, contados porque se lo pidió su mujer, que no pudo ir, que no podía realizar esos desplazamientos, pero que no se olvidaba de las personas. La edad es un negocio lleno de imponderables, economía ilógica e injusta. ¿Dónde estaba la edad que le sacaba a su mujer? Aquel era el breve periodo en el que solo tenían un año de diferencia. Todos los años tenían esas semanas, ese par de meses en los que solo se sacaban un año de diferencia. Faltaba poco para que los números coincidiesen, los dos pares o los dos impares, aparentemente paralelos, ¿dónde estaba ahora esa diferencia de edad?

Pero estaba el domingo. Cuando la asistenta entró en el comedor, envuelta en un aura de cariño, orgullosa de los colores con los que el horno había tostado el bacalao y la cebolla, la conversación cambió. Antes de eso, como una frontera de silencio y suspiros disimulados, la asistenta le ofreció la bandeja a la señora, que se sirvió muy poco, y al señor, que también se sirvió muy poco. Después, cuando salió la asistenta, durante la minuciosa operación con la punta del tenedor y del cuchillo, empezaron a hablar del domingo. En rigor, fue ella la que tomó la iniciativa, quería compartir el entusiasmo que la iluminaba desde dentro. Hasta había rayos de luz que le atravesaban los ojos, que le salían por la boca mientras hablaba de todos los planes que tenía para el domingo. Hacía afirmaciones sobre lo que iba a pasar como si estuviese completamente segura, como si fuese a ser testigo en aquel preciso momento, como si fuese un hecho.

Era fácil engancharse a las palabras de su mujer, música, cosas sobre los hijos, nietos, todas esas porciones de futuro, generosa multiplicación de la esperanza. Pero también se fijaba en ciertos objetos de la decoración, cosas. Se acordó de Felipe González. Se distraía con facilidad, pero volvía enseguida a la conversación de su mujer, no llegaba a perder el hilo, a veces ayudaba con alguna observación, decía lo que ella quería escuchar, se alegraba de agradarla, su mujer con nombre bonito, Alice, nombre bueno que repetir. Estaban siempre los dos, él con ochenta y nueve años, ella con ochenta y ocho, solo un año de diferencia durante nueve semanas, bajo la lámpara del comedor, charlando, y aquel momento, tiempo exacto, los dos charlando y, a veces, cogiendo una lasca de bacalao con los dientes del tenedor.

Porque se lo pide su abuela, mi João Manuel desdobla el mantel y empieza a extenderlo por la superficie de la mesa. A distancia de dos pasos, observo lo que le cuesta al muchacho aquel trabajo y, por eso, me acerco para darle apoyo. Cada uno por su lado, en cuanto terminamos, llega mi Helena, coge cinco platos con los dos brazos, a la altura del pecho. Tardamos poco tiempo, no sé cuánto, en terminar de poner la mesa, servilletas, cesto del pan, todo.

No puedo confirmar el paso de los minutos, cinco o diez, del mismo modo que no reconozco el año en que estamos. Podría echar dos o tres cuentas: sé que es después del 25 de abril, se nota por la transparencia del aire; todavía en la década de los setenta, mis hijos tienen ya veintitantos o muy cerca de eso. Podría echar unas cuentas, pero no importa. Un preciosismo semejante estropearía el placer de estar aquí.

Cuando acumulamos suficiente tiempo, los domingos se transforman en un periodo de la vida. Recordamos los domingos como una unidad, años enteros solo de domingos, estaciones enteras compuestas solo por domingos: los domingos del verano, los domingos del otoño, todos los domingos del invierno y, de nuevo, las promesas hechas los domingos de la primavera. Fueron días separados por semanas, antecedidos por sábados con ilusiones propias, seguidos por lunes con agendas llenas, tareas fatales que exigían precisión, pero todo se disipa hasta que queda tan solo una amalgama de domingos. Al vivirlos, se transformaron en esa amalgama, como una infinita comida de domingo, creciendo permanentemente desde su interior.

Entra mi suegra con su arte, bandeja de bacalao al horno, el plato perfecto para este momento. Después, su hija, mi mujer, Alice, trae los cubiertos con los que nos vamos a servir. Estamos listos, vivimos esta hora concreta, intentaremos repetirla muchas veces a lo largo de la vida. Nuestra alegría se mezcla sobre la mesa, mi hijo estira el brazo para alcanzar el pan, mi hija se lleva un vaso de naranjada a los labios, mi mujer nos organiza, mi suegra sonríe, está sumergida en este instante, inspira este aire.

Somos una imagen fija. Pasan los segundos, tal vez minutos, hay gestos, pero somos una imagen fija, llena todo el tiempo que poseemos.

La voz de Mário Soares al teléfono. Sí, señor, un estadista. Tengo en la memoria la voz de Mário Soares al teléfono, exactamente como si la escuchase ahora, como si tuviese el auricular del teléfono dentro de la cabeza. Las suelas de los zapatos se apoyan en el cemento, casi no lo encuentran. La voz de Mário Soares se mantiene indiferente a la velocidad con que paso junto a las paredes de los pasillos, bajo escaleras, abro puertas.

La secretaria del Ayuntamiento ha entrado en mi despacho y, con un susurro, me dice que coja el teléfono. He respondido con un volumen normal, sorprendido por aquella timidez repentina. Es Mário Soares, añade esculpiendo el nombre en el aire, la boca haciendo el movimiento de decir las palabras, pero sin emitir ni pío. Me he acercado al teléfono que está sobre la mesa, ¿dígame? Mi querido amigo, ha dicho Mário Soares, sin acabar de saludarme ya me hace partícipe de su petición, sin tiempo que perder, sin vida que perder, Portugal entero esperando.

Esta escena ha sucedido hace unos minutos, la charla ha durado poco, no había motivo para alargarla. Sabemos lo que queremos, después de decirlo, sí o no, está hecho. También así camino, salgo del Ayuntamiento, entro en el coche, puerta, motor, todo eso, y avanzo por las calles de Campo Maior, manejo el volante para seguir la dirección de mi voluntad. Los pensamientos se me entrometen en el recuerdo de las palabras de Mário Soares al teléfono, letanía que va perdiendo cuerpo, gastándose en el empedrado de las calles o en dirección a la cal.

Entro en la torrefactora de Delta sin saludar como es debido a varias personas, que se sorprenden por la prisa que llevo. Entro en la cocina, interrumpo el lavado de grandes utensilios y reúno al personal, ahora quieto mirándome, todos quieren saber lo que les tengo que decir. Me froto los labios, el uno con el otro. Les cuento que, mañana, Mário Soares y Felipe González vienen a comer a Campo Maior. Vamos a recibirlos en la cooperativa Progresso Campomaiorense y vamos a prepararles una comida. Veo cómo reciben estas noticias en los ojos de las mujeres más criteriosas, tienen pañuelos anudados en la cabeza y los ojos saltones.

Tranquilidad. Inspiran al escuchar esta palabra, identifican mi relajación, también mi sonrisa, pero vuelven los nervios cuando se dan cuenta del número de bocas, sumadas las comitivas portuguesa y española. Se desaniman, desfallecen. Encima, los socialistas son gente con apetito, se queja una de las mujeres. Tranquilidad, y les explico que le he dicho a Mário Soares que, con tan poco tiempo, tendrían que comer lo mismo que nosotros, era la única posibilidad. La misma mujer, no demasiado convencida, queriendo convencerse a sí misma, dice: si es así, lo mejor será un cocido.

Comeremos cocido, me parece muy bien.

Los papeles sobre la mesa, como palabras de un libro dispuestas delante de sus ojos. Cada uno de aquellos papeles tenía un significado. Ya les había atribuido un orden y, por eso, solo con mirarlos, sabía de inmediato lo que contenían, su finalidad. Sentado, derecho, la tapa de la mesa le trazaba una línea por encima de la cintura, lo que le permitía mover ampliamente los brazos. A veces, tenía que alcanzar un papel de los que estaban más lejos y, en ese movimiento, sobrevolaba todos los demás. Muchas de aquellas hojas eran e-mails impresos por su secretaria, correspondencia organizada en carpetas, lista para llevársela a casa, donde la leía y donde respondía el propio señor Rui. Le llegaba a las manos lo imprescindible, la secretaria era especialista en ese triaje. Sobre la mesa, en el montoncito correspondiente, también había facturas, contabilidad personal que insistía en mantener. Y también había otros tipos de documentos, otros montoncitos, tarjetas de visita sueltas, asuntos corrientes.

¿Qué hora era? Tuvo este pensamiento, pero no miró el reloj. En vez de hacerlo, se llevó las manos a la cara: se quitó las gafas y se puso las palmas de las manos en los ojos. Necesitó ese masaje y ese segundo de oscuridad y, así, renovarse. Cuando volvió a la luz de la electricidad y a las imágenes, sintió claramente que estaba solo. Su mujer se había retirado no sabía cuánto tiempo antes. De repente, como un recuerdo, pensó que, en aquel preciso instante, la familia de su amigo más sincero aún lo estaría velando en el tanatorio, pensó en la noche sobre la muerte. Aquel preciso instante existía allí y, como un milagro imposible, existía también en aquel lugar, en aquel dolor. El cuerpo de su amigo más sincero, también él, existía en aquel mismo instante, tumbado en el interior del ataúd, esperando.

Su amigo, con todo el ánimo que le conoció, ya no era testigo de aquel tiempo concreto, preciso, aquel instante que existía. Del mismo modo, llegaría un tiempo que seguiría transcurriendo sin él, sin su voluntad: la primera noche posterior a su muerte, la primera semana y, después, el calendario en marcha, siempre. Imaginó ese tiempo, tomó como referencia el tiempo en el que estaba. La muerte le pareció una especie de soledad absoluta, solo para siempre en una estancia de la casa.

Allí, en aquel punto del espacio y el tiempo, a pesar de la ausencia de su mujer, continuaba la intensa presencia de su nombre, Alice, sabría que la encontraría enseguida. Del mismo modo, a pesar de la ausencia de sus hijos, nietos, bisnietos, sabía que estaban en algún sitio y que, en el futuro, seguro se volverían a encontrar. Constató que, entre los innumerables materiales que constituyen la vida, existe la ausencia que permite la muerte.

¿Qué hora era? Si la vida fuese un día, si la infancia fuese el inicio de la mañana, tan solo promesa en todo, si la edad adulta fuese la tarde, todas las gradaciones hasta el anochecer, ¿qué hora sería en su vida? Continuó sin mirar el reloj, ahora de propósito. Con pena, pero también con resignación, concluyó que, en el interior de su vida, era exactamente aquella hora en que estaba, antes de dormirse, imaginando ya el sueño.

27 de marzo de 2021

1

Hay algo dentro de mí que decide despertarme. No necesito reloj ni que nadie me toque los hombros, llamándome por mi nombre, Rui. Durante este primer instante, me mezclo con la oscuridad, formo parte de ella. Desde su interior, voy reconociendo las formas del mundo y, de esa manera, voy ganando forma. Primero, en la vasta oscuridad, reconozco la posición de las paredes, siento su posición vertical, construida en tiempos con una plomada. Después, también en esa infinita opacidad que me rodea, reconozco la altura del techo, protección contra el cielo de la madrugada, demasiada lejanía. Enseguida, admito que la cama en la que estoy no es una superficie a la deriva en el espacio, planeando sin rumbo y sin peso; es una cama con cuatro patas apoyadas en el suelo, madera que cruje al más mínimo movimiento. Solo entonces empiezo a distinguir los sonidos, las calles desiertas de Campo Maior, habitadas por perros y otros animales insomnes, tal vez alguna brisa ligera y, más cerca, aquí mismo, la respiración de mi hermano, profunda, aire que le entra por la nariz, que atraviesa diversos tubos hasta llegarle a los pulmones, donde es procesado y devuelto por el mismo sistema de canalización, con la sencilla diferencia de que es expulsado por la boca, a través de los dientes de arriba, por los labios entreabiertos, bocanada. Consciente de toda la habitación, soy también consciente de mi cuerpo, de la información que transmite mi piel, temperatura, textura de la ropa de cama y, por contraste, mi propia densidad y volumen, presencia. Este instante termina cuando decido levantarme. Esa es ya una decisión completamente mía.

Hubo algo dentro de él que decidió despertarlo. No necesitó reloj ni que nadie le tocara los hombros, llamándolo por su nombre, señor comendador. Durante aquel primer instante, se mezcló con la oscuridad, formó parte de ella. En la memoria, empezó encontrando la forma de aquello que lo rodeaba, la volumetría de la habitación, el mobiliario, la decoración y, trascendiendo la arquitectura, llegó a imaginarse las calles de Campo Maior. Trazó aquel retrato mental no tanto por lo que había oído, los tímpanos todavía en letargo, sino, sobre todo, por lo que recordó de otros días, otros sábados de marzo en los que a esa hora ya estaba en la calle: perros en los patios, miradas a través de rejas de hierro forjado, quizá una brisa pasando entre las hojas de los árboles del parque. Y esas imágenes emitiendo sonidos, las uñas de los perros en los mosaicos, un gañido de impaciencia y las hojas de los árboles como una multitud susurrante, admirándose o indignándose colectivamente. Enseguida, también los sonidos en el interior del propio dormitorio, la existencia: su mujer, Alice, respirando con delicadeza, a pesar de los defectos de aquel movimiento de aire, la inspiración en dos o tres golpes, la segunda y la tercera corrigiendo las anteriores, Alice, la espiración como un suspiro de alivio extremo. Consciente de toda la habitación, era también consciente de su cuerpo, de su piel y de su edad, todavía ochenta y nueve años. Recordó cuando tenía doce, se despertaba de madrugada al lado de su hermano, eran sábados como aquel, pero tenía doce años y, por eso, todo era diferente. Aquel recuerdo se esfumó y fue en ese instante cuando decidió levantarse. Esa fue ya una decisión completamente suya.

Mi hermano António se queda sin aliento, como si corriese detrás de un sueño y, de repente, se tropezara con sus propias ideas. Se despierta amodorrado en esta habitación donde me visto a oscuras. Me esfuerzo por no reírme en medio de la madrugada, no dejo escapar ni siquiera una risita nasal, pero debo de haber sonreído más ostensivamente de lo que me imagino porque, incluso sin luz, mi hermano se fija en mí y protesta, ¿te estás riendo de mí?, suelta un par de amenazas vacías, vas a ver, y se pone de mal humor. Lo oigo levantarse, rascarse, desperezarse, bostezar. De rodillas, para evitar salpicaduras, alivia la vejiga en el orinal, la orina nueva revuelve el olor de la orina de medianoche. Tarda, tiene el depósito lleno. En los últimos chorritos, irregulares y moribundos, ya está más despierto y de buen humor. Enciende una cerilla a la primera, la cara de mi hermano, su cuerpo y los ángulos de la habitación quedan dibujados con sombras desde aquel punto incandescente que sostiene entre dos dedos de una mano. Y enciende la vela. Ya estoy vestido, me falta ponerme las botas. La luz de la vela calienta el aire, calienta el olor de los cuerpos, del sudor y de la grasa en la ropa de cama.

Antes de salir a la calle, mientras mi hermano mete las piernas en los pantalones, se ata los zapatos y se pasa la mano por el pelo, discutimos el origen de un ruido sospechoso. Tras analizar la diferencia entre intestinos o patas de una silla rozando el suelo, iniciamos el tema de la autoría, debate en vano, ya que solo somos dos, se aplica la más elemental exclusión de partes: si no he sido yo. En el fondo, esta contienda pone en evidencia el gusto por la retórica, ganas de hablar. Mi hermano lleva la discusión a la calle con el mismo cuidado con que coge el orinal, brazo fuerte, codo en ángulo recto, atento a las mareas de orina que oscilan graciosa y amenazadoramente a cada paso en la calzada. Sin ganador, en empate, el debate acaba cuando llegamos a la alcantarilla y mi hermano se agacha para verter la orina. Esperamos en silencio hasta el final del chorro y, después, hasta la gota más resistente. Cuando mi hermano se levanta, estamos contentos con la tranquilidad de esta hora fresca. Serán casi las cuatro de la mañana, no necesitamos las campanadas de la iglesia ni el reloj de pulsera, hemos asimilado un ritmo. Igual que los insectos que viven en la tierra, entre las piedras de la calzada; los pájaros nocturnos o matutinos que ya se dirigen a algún sitio; y la propia calle, estrecha, en dirección a la praça da República, rodeada por paredes de casas delante las unas de las otras, ya despiertas, esperando al día para exhibir la animación de la cal.

La puerta, atravesada por líneas cargadas o tenues, brilla con la luz que contiene. La abre mi hermano António, usa el codo, el hombro y la mano que tiene libre. Nuestro padre y nuestra madre siguen fijos en lo que los entretiene, no nos miran, ya lo saben. Nuestro padre está sentado, vigila dos rebanadas de pan que empiezan a tostarse en la lumbre. Nuestra madre está lavando un tazón. Sabemos qué hacer. Cierro la puerta, volvemos a olvidar la calle por unos minutos. Mi hermano deja el orinal en el suelo, el esmalte toca la piedra, en el rincón donde lo recogerán para lavarlo, corta una rebanada de pan con la navaja y se pone al lado de mi padre. Me dan el tazón y migo unos trozos de pan duro. Todavía hay gotas de agua escurriendo por las paredes del tazón. Mi padre y mi hermano llegan a la mesa con rebanadas de pan quemándoles los dedos. Mi madre se acerca con la leche humeante. La luz de la lámpara de petróleo, amarilla, con el aroma ácido del petróleo, es el eslabón que nos une, que nos transforma en un mecanismo de cuatro piezas interconectadas. Sabemos que faltan aquí mis hermanas, no olvidamos sus nombres, Cremilde y Clarisse, no olvidamos la impresión de sus presencias, Cremilde está todavía descansando, llegará enseguida, cuando los hombres hayan salido, y Clarisse está en casa de sus padrinos, pequeñita, nunca la olvidamos, está a poca distancia de aquí. Pero ahora mi padre y mi hermano untan la mantequilla, que se derrite sobre el pan tostado, mi madre vierte la leche caliente en el tazón sobre los trozos de pan, que la embeben, son esponjas blancas de miga. Siento en la cara el vapor de aquella leche, lo inspiro y siento esta luz que nos une, el tiempo es espeso en su interior.

Me escaldo la punta de la lengua con la primera cucharada, todos se ríen, menos mi madre. Soplo la segunda con paciencia antes de sorberla. Por la luz gruesa de la lámpara de petróleo, por su peso, circulan las voces de mis padres y mi hermano. Me meto un trozo de pan en la boca. Despacio, lo aprieto con la lengua contra el cielo de la boca, siento la leche tibia saliendo de su interior. Me imagino el día en que tenga mi propia casa, en que tenga mi propia fábrica, una torrefactora de café. Me imagino el trabajo que voy a hacer durante el día de hoy, controlando la máquina, esparciendo el café caliente, cargando sacos de café, pero la fábrica es mía, todo el trabajo lo produzco directamente para mi provecho. Me llevo el tazón a los labios para tomar la leche que ha quedado en el fondo, esa parte es la mejor.

La claridad dio inicio al sábado, primero en el cuarto de baño, claridad abundante en la ventana opaca, reflejada en los cromados de los grifos, en la loza del lavabo y en el espejo, que también reflejaba su rostro soñoliento, rostro natural, anterior a los cuidados propios de arreglarse. Después, al volver a la habitación, la claridad sacaba el máximo partido de todas las nesgas, suficiente para asegurar una iluminación satisfactoria a los movimientos con que se vestía, ropa elegida el día antes, seguridad de todos los días: la goma de los calcetines sobre las canillas, piel y pelo; abrocharse la camisa de abajo arriba, cada botón con su momento en la punta de los dedos; los faldones de la camisa metidos por dentro de los pantalones, tela aplanada y tibia; y el cinturón apretado por la hebilla, dando solución y conclusión. Los números del despertador electrónico existían, le habría bastado levantar la barbilla, ajustar el cuello buscando esa seguridad, pero era sábado, tenía ochenta y nueve años, prefería analizar la calidad de la luz y, a través de ese método, calcular la hora. Incluso filtrada por las persianas casi cerradas, por las cortinas, por el largo pasillo y por la puerta cerrada, la claridad era suficiente para todas esas funciones.

Como una montaña, Alice, el cuerpo de su mujer dibujaba un horizonte, línea que se expandía y, largos segundos después, se contraía. También esas olas indicaban el tiempo, daban cadencia a aquel sábado recién empezado. Sentía la presencia de su mujer sobre la cama mientras terminaba de ponerse los zapatos, de la misma forma que la había sentido al levantarse, cuando dejó el colchón, durante el tiempo en que estuvo en el cuarto de baño y, después, al volver, cargado de gestos e ideas. Por eso, reconoció el instante exacto del cambio, lo separó del instante anterior: su mujer se movió, Alice, una pierna doblada por la rodilla y enseguida estirada, un brazo caído sobre la sábana y una sílaba en el interior de la respiración. Ese fue el instante exacto. Alice sabía que su marido estaba en pie, se despertó mirando al centro de la cama, el sitio vacío de su marido; pero no necesitó tocar esa ausencia para reconocerla, era sábado y sabía perfectamente cuál era la costumbre. Aunque recién despierta, llegaba de los recuerdos de días anteriores, convertidos en algo inconsciente por el ajetreo de los sueños y, por eso, tenía muy clara la localización de aquel sábado en el calendario, día 27 de marzo de 2021, extraordinaria víspera del día siguiente. Se despertó de buen humor y despeinada, sonriendo en todas direcciones.

Esa jovialidad ordenó a su marido que abriese un poco las persianas. Así entró más sábado sobre las alfombras, inundó el dormitorio, sobre la cama donde Alice se levantó con ayuda de su marido, primero sentada, luego una pierna, después la otra pierna, su marido sosteniéndola por el brazo, el camisón extendido por el cuerpo, los hombros blancos. Los pies de Alice acertaron con la entrada de las zapatillas y caminaron hasta el cuarto de baño, un pie tras otro. Hace meses que el señor Rui había elegido este día de la semana para darle descanso a la asistenta que se encargaba diariamente de estas tareas. Estaban sincronizados, los gestos se sucedían con una organización estudiada, coreografía. Ese hábito permitía que el eco de la voz de Alice se deslizase suavemente por las paredes del baño y la superficie lisa de la bañera. Animada, hablaba del día siguiente, no hay edad cuando se cree que mañana será mejor que hoy.

En esa voz de niña se mezclaba la mañana y los nombres de los hijos, nietos y bisnietos, se mezclaba el sonido del agua corriendo, agua que salía fresca del grifo y se envolvía en aquella luz, aquella hora, la voz ganando primavera en el momento en que pronunciaba el nombre de los hijos, nietos y bisnietos. Niña Alice, digna en su repentina juventud, su marido dándole la toalla, gotas de agua sobre la piel de la cara, el entusiasmo en los ojos y, durante mudos segundos, la toalla tapándola, el tacto de la tela turca y las cejas despeinadas, el mismo entusiasmo, intacto, y su marido retocándole las cejas con la punta del dedo índice.

Y, otra vez, el dormitorio. También sábado sobre los muebles. El señor Rui no era capaz de separar la voz de su mujer de aquella claridad límpida, claridad respirable, y él también se animaba con tanto y tan ligero espíritu, pero su mujer estaba vistiéndose, ese era un tiempo lento, hecho de gestos destacados que existían a la vez, había una delicadeza especial, una especie de secreto, un encantamiento al que solo se llega tras muchos años, Alice, ese nombre atravesaba el tiempo, y el tiempo era la vida. Mientras su mujer se vestía, tela sobre la piel, el señor Rui era testigo de muchas edades de ella, de días específicos, momentos en que estuvieron juntos, en que la miró de la manera como la estaba viendo allí, niña

Alice, los dos convirtiéndose en padres, convirtiéndose en abuelos, siempre su compañía, todas las veces que tuvo ganas de contarle algo, todas las veces que esperó a estar juntos para contarle algo y, también, allí, los dos, Alice casi vestida, él esperándola, su novia.

El desayuno estaba servido, los esperaba. Acomodó a su mujer en la silla, rodeó la mesa y se sentó. Miró la oferta que tenía delante, el sábado añadía vida a los colores de la comida. Por instinto, se llevó el café a la boca. Se quemó la punta de la lengua, se asustó, pero contuvo el aspaviento, su mujer no se dio cuenta. Suspendió los gestos que tenía en perspectiva, se concentró en las gradaciones que atravesaba la punta de la lengua hasta quedarse dormida. Se acordó de cuando comía con sus padres y su hermano, la casa de cuando tenía doce años, la madrugada antes de trabajar, el aroma ácido del petróleo en aquel aire y aquel recuerdo. Ante sí, al otro lado de la mesa, su mujer se concentraba en cualquier asunto, mantenía el entusiasmo en la mirada, Alice, niña. A Rui, también niño por un momento, le entraron unas ganas enormes de leche migada, buscó un tazón y una cuchara, leche en una jarrita. Recordó tener un trozo de pan en la boca, su textura, apretándolo con la lengua contra el cielo de la boca, la leche tibia saliendo de su interior. Sintió claramente esas ganas, leche migada, esas palabras dichas por su madre, le apeteció leche migada más que cualquier otra cosa, pero miró alrededor, buscó por toda la mesa, no había pan duro.

¿Dónde estoy? Dirijo la clavícula hacia la estrella, fue mi tío Joaquim quien me enseñó a distinguir esa estrella entre todas las demás, es la estrella española. Ahora ya no soy capaz de mirar al cielo por la noche y ver tan solo un montón desordenado de puntitos, luces que se extienden en forma de rayos si cierro un poco los ojos. Ahora, cuando levanto la cabeza, encuentro siempre este dibujo, como un mapa en las alturas, una orientación. Conozco bien el terreno, matorral que araña las botas, sonido familiar de esta época del año, pero la luna nueva compone una noche de sombras negras delante de sombras aún más negras. Por eso, a veces, me equivoco de sendero. Los cinco hombres que vienen detrás de mí se fían de mi cabeza. Algunos son aprendices de esta ruta, a pesar de ser mayores que yo; otros se fían de mí porque prefieren no comerse la cabeza con pensamientos de ese tipo, saben que la noche es enorme, todavía tenemos mucho camino por delante. Somos seis, ellos y yo, mis pasos dejan los pasos de estos hombres como rastro, así pasamos, el sonido de las suelas en la tierra y, cuando toca, en los matorrales de jaras y retamas secas. También el silencio de las primeras cigarras del año, grillos a la puerta de sus agujeros, animales tranquilos o furtivos, murciélagos indiferentes sobre nuestras cabezas, mochuelos piando música en varios tonos. A lo lejos, iluminada, España, campos como estos en la dirección indicada por el ángulo de mi clavícula. Y, en ciertos momentos, al azar, alguna señal de nuestra presencia: uno de los hombres, el tercero o el cuarto, resoplando con un gruñido nasal; otro quejándose, al acordarse de la merienda; un escupitajo aquí o allí, por deporte. Solo sonidos de la naturaleza, solo la velocidad constante de los pasos, la suela de las botas, no le tenemos miedo a la oscuridad, le tenemos miedo a los carabineros, no por ellos o por las caras que ponen al hablar español, sino porque se quedan con el café. No acarreamos el valor de esta carga durante kilómetros para entregárselo a un carabinero, como ese Alarcón del que hablan por ahí, o ese Del Pino y otros que no deben tener quien los espere en casa ni colchón donde descansar los huesos, tal es la cantidad de noches que pasan vigilando, escondidos detrás de los arbustos. Soy una sombra entre sombras, soy un bulto, con dificultad me diferencio de la noche y de este cuerpo de seis cabezas que formo con los hombres que me siguen. ¿Dónde estoy? Estoy de camino. He salido de un punto y, tras atravesar la frontera, llegaré a otro punto. Cuando llegue, seré otro, pero seguiré siendo yo. Como si saliese de una edad, atravesase una noche entera, una frontera dibujada en el suelo, y llegase a otra edad.

2

Mário Soares se lanza sin pudor a chapurrear español. Con la chaqueta colgada del respaldo de la silla, camisa arremangada y los codos clavados en el mantel, se inclina hacia delante. Felipe González parece entender la mitad, guasón, mientras le pega pellizcos a la miga del pan. Eso, que se llene de pan, que es lo más seguro, porque dudo que encuentre pan de tanto nivel en Madrid, cocido con lentitud por la noche, leña de encina crepitando en el horno. *Por supuesto*, dice Felipe González de vez en cuando, con los carrillos redondos por el pan. Mário Soares no depende de ese apoyo, pero lo aprecia, se le nota. Estamos cinco o seis quietos, escuchándolo.

Ya han hablado mucho de política, ahora quieren otros temas. Mário Soares cuenta peripecias que vivió en tiempos. Tenemos que afinar el oído para escucharlo bien. Aunque habla alto, con buena articulación y técnicas de orador, su voz está envuelta en la algarada que llena la sala. Hay mucha gente, socialistas de un lado y del otro de la frontera, políticos de medio pelo que acompañan a estos titanes. Los aspirantes también han dado descanso a las chaquetas en los respaldos de las sillas, han metido un dedo entre el nudo de la corbata y el cuello de la camisa, aflojándolo para respirar más fácilmente. Los que estén cerca sabrán de lo que hablan; desde aquí, solo se distingue el cacareo general, sin ofensa para los compañeros. Los oyentes comen aceitunas machadas y sueltan los huesos en la palma de la mano, o, como Felipe González, se entretienen con los trozos de pan. Los oradores se alimentan de palabras, naturalmente.

Entra un ejército de hombres y mujeres cargados de soperas, se reparten por las mesas. Felipe González me mira y pregunta: *¿bacalao?* Trago saliva, le explico en castellano de Badajoz, Mérida, Almendralejo, de por ahí, que no ha habido tiempo para poner el bacalao en remojo, para darle gusto. Esa maravilla queda para la próxima. Mi sonrisa lo convenció y, también, cuando llegó su turno, lo convencieron un par de cucharones vaporosos de cocido.

Con un fondo de caldo, las soperas salen por el mismo sitio por donde han entrado, solo que más desorientadas, con menos desfile. Y, de repente, baja la barahúnda de voces, sube el repique de los cubiertos en la loza. No hay que ser entendido, basta escuchar con atención: esa fanfarria se va transformando, gana un nuevo timbre a medida que se vacían los platos, campanas con cada vez mayor poder de resonancia y, al final, los platos inclinados y las cucharas golpeando repetidamente para rebañar los restos.

Un trago de vino tinto y otra vez empieza el palique. Estamos en el centro de algo. Siento el celo con el que todo el mundo en Campo Maior se imagina este salón, tanto los que aplauden como, sobre todo, los que lo desprecian. Unos y otros han encontrado sitio para, por lo menos, ver el paso de los coches. Los que tenían más interés se han juntado aquí a la puerta de la cooperativa para observar la articulación de los esqueletos, para admirar el tejido de los trajes. Mário Soares, como sería de esperar, respondió al pueblo, se acercó, recibió buenas palabras, apretó manos que llegaban de todos lados. Felipe González fue mucho más esquivo, es un mozo con ese tipo de moderación. Ya comido, mantiene una leve sonrisa sobre todas las palabras, asiente aquí y allí para mantener la presencia, *por supuesto*. Mário Soares es un hombre que ya ha vivido mucho. De los treinta y pico de Felipe González a los cincuenta y pico de Mário Soares hay un buen salto. Además, está la vida de uno y la vida del otro, biografía autorizada y no autorizada, está la naturaleza de uno y la naturaleza del otro. Las mesas corridas del salón están repletas de hombres diferentes, cada uno tendrá su gesta, no hay nada malo en ello, pero todos son socialistas y todos tienen el buche lleno de cocido.

No lo reconoció al primer instante. Había ensanchado los rasgos, antes estaban más esculpidos. Las cejas dejaron de notarse, blancas sobre la piel brillante, y el rostro había perdido algunas cualidades. Pero seguía con un buen pelo, todo blanco, no cultivaba un pelo que no fuera blanco, pero bien arreglado. El señor Rui analizaba a Felipe González en la televisión y distinguía las trazas de otros tiempos, cuando comieron juntos en las mesas improvisadas de la cooperativa Progresso Campomaiorense. Ya estaba bien entrado en los setenta, tal vez casi tocando los ochenta. El periodista lo trataba con la ceremonia que se concede a los ancianos, le ofrecía una pausa para hablar. El señor Rui escuchaba a Felipe González y le reconocía la honestidad de antes, un hombre al que no le faltaba tiempo, miraba a su interlocutor en momentos concretos, entre lo serio y lo tímido. Quizá tuviese la voz un poco más ronca, como es normal, la garganta se cansa de vibrar, se oxida, pero era el mismo hombre.

El señor Rui estaba sentado en el sofá, aunque no en su sitio habitual. Al fijarse en que la edad transforma a las personas, aunque siguen siendo las mismas, se dio cuenta de la contradicción. Por naturaleza, cambiar es dejar de ser una cosa y pasar a ser otra. Le dio una vuelta a ese pensamiento: la edad transforma a las personas, que siguen siendo las mismas en determinados asuntos y otras en otros asuntos. Felipe González mantenía el nombre, la fonética, pero había cambiado de piel y de tacto en la yema de los dedos. Esa era la lección de la buena memoria y de las fotografías antiguas. Incluso a través del cristal de la televisión, al señor Rui le parecía que el Felipe González joven estaba dentro del Felipe González viejo. Como le pasaba a él mismo cuando se miraba al espejo, por debajo de su rostro encontraba otro rostro, una sucesión de rostros y, al mismo tiempo, la insistencia de los ojos sin edad, medio desgraciados, prisioneros de aquello que no podían decir. Allí, Felipe González fue un espejo.

Allí, Alice. No tuvo que llamarlo, su mujer, Alice, animada, iluminada por la mañana, seguía sentada a la mesa del desayuno. El señor Rui se levantó de las profundidades del sofá, las rodillas cargando con todo el esfuerzo, y fue a por la medicación. Al lado del vaso de agua, puso dos comprimidos y una cápsula. Su mujer miró los colores sin interés. Cogió el vaso de agua y, con los dedos en forma de pinza, se tomó los medicamentos uno a uno, empujados por tragos ansiosos de agua. Dos de aquellos puntitos había que tomarlos con algo sólido en el estómago, exactamente después del desayuno; uno era todavía de los que debería haberse tomado en ayunas, se le había olvidado.

El señor Rui y su mujer avanzaban del brazo por el pasillo, lentamente, como si estuviesen dando un largo paseo, sin prisas. Se dirigían a algún sitio. Alice hablaba de las cosas que aún tenían que decidir, preparación detallada, al día siguiente era ya domingo, no había tiempo que perder. Esa charla tenía lugar mientras daban pasos muy despacio, en la fluidez del pasillo, como si estuviesen en el parque del pueblo, con el mismo respeto de cuando eran novios, respeto de finales de los años cuarenta, principios de los años cincuenta. Y, claro, los hijos, nietos y bisnietos, mencionados por el orden desorganizado de la memoria, las fotografías en los marcos como ilustraciones de pensamientos. En una larga caminata, avanzaban poco a poco, cada paso era un intento. Los dos, del brazo, sintiendo el calor y el apoyo el uno del otro, amparados.

En el salón, sola, la televisión seguía soltando mundo.

La televisión está tapada con un paño. Espera al inicio de las transmisiones, al llegar el atardecer. El paño, cosido por la dueña del establecimiento, protege contra el polvo y garantiza el buen funcionamiento del aparato. Tienen que subirse a una silla para tapar la televisión. Ese trabajo se lleva a cabo por la noche tarde, cuando empieza el himno nacional y los señores de los programas se van a la cama. Vuelven a destaparla poco antes de las seis de la tarde, a veces incluso con la carta de ajuste y un fondo de música clásica. Entonces, de repente, la pantalla se transforma en un reloj y la aguja de los segundos empieza a pitar en la cuenta atrás, pi, pi, pi, llegando al momento exacto, pii, y ahí está la televisión, gente en blanco y negro, gente con la piel gris hablando con letras de molde, dicción ejemplar. La televisión está en lo alto de un rincón del bar. Hasta desconectada y cubierta con un paño, impone.

Tengo estas informaciones porque ayer dormí en la habitación que alquilan en el primer piso, abuhardillada, sábanas un poco ásperas. Hace dos noches que no voy a casa, desde el martes. La mesa tiene una piedra de mármol y, por eso, la loza hace un ruido distinto al tocarla. No tengo que preguntarle al dueño si ha usado el café que le dejé de muestra. Hasta a lo lejos, distingo nuestra torrefacción por el olfato. Entonces ¿qué me dice? El hombre me mira y entiende lo que le pregunto, pero no responde. Antes de más palabras, llega la mujer. También ella trae un plato: el sonido de la loza en el mármol. Me siento observado por ese triste bollito con jamón, cortado sin ganas. Delante de mí, de pie, la pareja de propietarios también me mira, manchas en los delantales. Vuela una mosca. A esta hora de la mañana, soy el único cliente. Mi sonrisa realza las posibilidades del día. Tiro de las sillas e invito a la mujer, en primer lugar, y al hombre, después, a tomar asiento en su propio establecimiento.

Son buena gente, pero tienen los dientes en mal estado. Insisto: entonces ¿qué me dice? El hombre se encoge de hombros.

Me vuelvo hacia la mujer: ¿es o no es un café de categoría? Y le doy el primer mordisco al pan con jamón, pan seco, jamón salado. Sonrío como si aquel fuese el mejor desayuno del mundo, como si la tortícolis no me estuviese deshaciendo la nuca, como si no me acordase a cada paso de Alice y los pequeños. La jefa, más decidida, admite que es un café de categoría, gustoso, con buen precio. Confirmo que es con ella con quien voy a cerrar el negocio, y le pongo mejor precio aún. Repito la palabra «Delta» muchas veces, quiero que no se olviden del nombre, quiero que se acostumbren a oírlo para que se acostumbren también a decirlo: Delta esto, Delta aquello, y sonrío.

Le doy la mano a la mujer, la entrega será la próxima semana, puede contar con ello. Le doy la mano al hombre, mano húmeda. No me sé de cabeza en cuántos bares y restaurantes entraré todavía hoy antes de dormir en Vila Velha de Ródão, en una habitación parecida a aquella en que me desperté hace poco. Pero estoy animado, muy animado. Otro negocio cerrado.

Me llevo la taza de café a los labios, aún está caliente.

Señor presidente, dice una de las cocineras, la más mayor. Está en un rincón, como una sombra, todavía con la ropa de enfrentarse a las cazuelas de aluminio, pañuelo en la cabeza, me recuerda a mi madre. Observa el final de la comida, estos hombres encorbatados fumando puros y cigarros, ya en pie, con grandes carcajadas en portugués o en castellano, satisfechos, contentos. Ha venido para observar su trabajo bien hecho, sé cuánto le ha costado y, por eso, me acerco a la cocinera y le pongo una mano en el brazo, esa es mi manera de darle las gracias. Señor presidente, dice ella, emocionada con lo que ha pasado aquí hoy. Tal vez se refiera al alcalde o al presidente de la cooperativa, contemplo esas dos posibilidades o, más probablemente, tal vez sea su manera de mostrar que me entiende, que nos entendemos.

Mário Soares está por todos lados. Este hombre ha nacido para hablar con la gente, se vuelve hacia un lado y hacia el otro con el mismo interés. Tanto portugueses como españoles quieren saludarlo, tiene una palabra reservada para cada uno. Señalo la puerta, acompaño a Felipe González, seguimos rodeados, la salida es la punta de un embudo. Atrás, también Mário Soares recorre ese camino, va de una persona a otra, gente que no puede perder la oportunidad de decirle algo o, simplemente, de estar delante de él por un instante. En la calle, los coches no son pocos. La multitud emite exclamaciones colectivas, admiraciones también colectivas. El mayor de esos clamores va dirigido a Mário Soares, que levanta el puño socialista y enciende a la multitud. En el interior del automóvil, Felipe González sonríe por la ventana abierta.

Los conductores están esperando, el bramido de la multitud se mezcla con el rugido de los motores. Antes de entrar, Mário Soares se me acerca, ha salido todo perfecto, y me abraza con un par de estruendosas palmadas en el centro de la espalda. La columna de coches avanza despacio por las calles del pueblo. Tengo un nudo en la garganta, no puedo hablar. Cómo me enorgullece que Campo Maior sea la capital de la península en este momento.

Cuando los neumáticos pisan alquitrán, inspiro profundamente. Ayer, cuando Mário Soares me llamó al Ayuntamiento y me habló de esta comida, acababa de decidir participar en el mitin de Badajoz. Ni él ni Felipe González lo habían planeado antes. Empezamos ahora ese capítulo, los hombres del PSOE de Badajoz ya deben de estar esperando. Imagino la euforia con que recibieron la noticia de la participación de estos insignes socialistas en su mitin.

Vamos frenando, y nos paramos. El conductor sigue mirando hacia delante, con las dos manos en el volante. Continuamos con los cinturones de seguridad abrochados. Giro la manivela de la ventanilla, me enciendo un cigarro, otro. Todo normal, los primeros coches de la caravana han llegado a la frontera. Echo una bocanada de humo al cielo y se disuelve en el gris.

Siempre los papeles, hay que comparar la fotografía de los documentos con el rostro despavorido de los hombres que tienen delante. Tiro lejos la colilla del cigarro, la brasa casi en el filtro. El paso de la frontera debería ser rápido, estamos todavía en el lado portugués, debería ser más difícil la entrada en España. Oigo voces ya en tono exaltado, me quito el cinturón de seguridad, abro la puerta, voy a ver qué pasa. Avanzo a lo largo de una fila de coches parados, la suela de los zapatos nuevos en la piedra negra del alquitrán. Las voces suben de volumen a cada paso.

Me encuentro con el director de la aduana discutiendo con tres hombres con corbata, dos portugueses y un español intentando entender qué es lo que pasa. El director me dice: menos mal que viene usted. Y me explica que hay gente infiltrada en la comitiva, que hay tráfico ilícito de productos, que no puede permitir este paso. En cuanto acaba con esta explicación, se oye una puerta que se cierra con toda la fuerza, ahí viene Mário Soares. Empieza a hablar de lejos, furioso: ¿por qué nos está complicando la vida? El director, lívido, tieso, intenta defenderse, estoy cumpliendo la ley, solo estoy cumpliendo la ley, señor. Ya aquí, escupiendo las palabras, mirándolo fijamente a los ojos, Mário Soares le dice dos o tres cosas que, estoy seguro, no ha querido realmente decir y que creo que se arrepentirá en cuanto lo piense más fríamente. El director de la aduana parece haberse quedado de piedra. Tranquilizo a Mário Soares mientras convenzo al director para que deje pasar a los más importantes, los que ya van tarde al escenario. Después, que proceda a la debida fiscalización.

Con ese acuerdo, hay dos vehículos que salen de su sitio en la fila. Pasa el automóvil de Felipe González, altivo. Enseguida, el automóvil de Mário Soares frena a pocos metros de nosotros. El propio Mário Soares abre la ventanilla y, dirigiéndose al director de la aduana, señalándolo con algún desprecio, le asegura que tendrán una conversación, ellos dos a solas. Me pongo delante de esa mirada y le digo con gestos que avancen, que no se preocupe, yo me quedo aquí arreglando esto.

3

Al principio me pareció un ruido porque es así como mi cabeza entendió aquella interrupción en la noche. No sé qué sueño alimentaba, en qué punto estaba, más clara es la sensación de haber sido arrancado con una garra. Estaba dentro de un lugar muy interior, oscuridad como roca, y una garra me arrancó de allí. Pero no fue realmente un ruido, fue el timbre dos o tres veces seguidas, insistiendo en ser oído. También mi mujer se despertó de la misma forma, Alice, a mi lado, sentada en la cama, angustiada, mirando a todos lados con las luces de la habitación apagadas, llena de preguntas. Unos perros ladran en la calle, aúllan, hacen crecer la tensión. El timbre toca de nuevo, ese instante es comparable a agujas, se clava en varios puntos del cuerpo, sobre todo en los ojos, como cal viva.

Ha pasado algo. No sé si es mi mujer la que dice estas palabras o si soy solo yo quien las oigo dentro de mi cabeza. Ha pasado algo. Me levanto de la cama, los pies descalzos en el suelo, la realidad. Mientras busco las zapatillas en la penumbra, voy tomando conciencia, pasan las dos de la madrugada. El pijama conserva parte del calor de las sábanas, pero no puede contener el frío de esta hora. Camino por el pasillo, vigilante, atento a los detalles, los objetos, su transitoriedad, descrédito repentino y, al mismo tiempo, me atraviesan voces como túneles. Camino por el pasillo y, al mismo tiempo, soy el pasillo por donde avanzan voces anunciando posibilidades terribles:

ha pasado algo, mi hijo, puede haberle pasado algo a mi hijo. Llevo el corazón en el pecho, puedo escucharlo.

Vuelve a tocar el timbre, me acerco, tengo la puerta delante. Las respuestas están al otro lado. Los dos últimos pasos tardan mucho tiempo, se subdividen. Mi mano se dirige a la puerta. Este instante. Y me quedo delante de una mujer. Estamos los dos mirándonos el uno al otro. Las luces de las farolas de la calle, una cierta desolación.

Su voz traza siluetas dramáticas en las palabras. Me entero de que es la mujer del director de la aduana, mayor que yo, a pesar del peinado moderno. Su angustia se derrama sobre las disculpas que repite, a estas horas, pide disculpas por estas horas. Es una mujer aterrorizada con un chal sobre los hombros. Me trata por mi nombre y apellidos, señor, y me suplica que ayude a su marido, al final empieza a llorar. Antes ya tenía cara de llanto, pero es ahora cuando empiezan a caerle lágrimas por las mejillas. Y ensalza a su marido, buen marido, buen padre, trabajador, respetuoso con todo el mundo.

Imagino las conversaciones que habrán tenido desde que el director llegó a casa y le contó el episodio con Mário Soares en la frontera. Me lo imagino en este preciso momento, en el coche aparcado en una calle cercana, bajo una sombra, atemorizado, esperando a su mujer.

No encuentro momento para hablar. La desesperación desfigura el rostro de la mujer. Corre una brisa muy fina, helada, que me entra por el fondo de los pantalones del pijama, me sube por las piernas. Levanto la mano, la mujer se calla, sofoca el llanto. Le aseguro que puede estar tranquila, nadie va a hacer nada contra su marido. Lo que pasó en la frontera no tendrá ninguna consecuencia.

A mis espaldas, al fondo, revelando tan solo una parte del perfil, siento la presencia de mi mujer y mi hija, Alice y Helena, dos bultos. Con el camisón apretado sobre el pecho, observan e intentan oír la conversación, asustadas y curiosas, queriendo saber qué es lo que pasa, impresionadas en medio de la noche.

Le garantizo a la mujer del director de la aduana que puede quedarse tranquila. Me interrumpe para hablarme de sus hijos, llora con más convicción, ruega clemencia. Puede quedarse tranquila, le garantizo. En Badajoz, durante la cena, volvió a salir el asunto, y le aseguro que está todo resuelto, no tendrá ninguna consecuencia.

Probablemente, la hija estaba a punto de llegar. No habían quedado a una hora concreta, solo un concepto que compartían: a media mañana, cálculo que presupone la definición del principio y del final de la mañana, umbrales difusos. La media mañana era sobre todo una impresión, pero la luz entraba por todas las oportunidades, era el propio mundo el que entraba en la casa y explotaba en su interior. Ya había pasado por múltiples temperamentos: luminosidad eufórica, serenarse poco a poco y, por fin, considerarse madura, luminosidad jurando que podía cuidarse a sí misma. Media mañana era ese equilibrio frágil, ese limbo. Pronto, cuando empezase a notarse el declive, cuando el aura de la tarde llegase al pecho, después a los ojos, después a la piel, sería a deshoras, habría terminado la media mañana. Pero todavía faltaba mucho para ese momento, era inimaginable, aquel terreno pertenecía claramente a la media mañana. Por eso, él sabía que su hija estaba a punto de llegar, nunca se retrasaba.

Alice, sentada, veía a su marido coger los cubiertos usados y colocarlos en los platos, uno a uno; lo veía recogiendo migajas en la palma de la mano. Aquel era un día optimista. Todos los sábados contienen una promesa especial, casi todos, pero aquel excedía esa gracia habitual. Las voces de la televisión, con el contraste arbitrario de sus colores, se hacían oír. Aunque nadie prestase atención a lo que decían, eran una parte que contribuía al ambiente del salón. El señor Rui colocaba las tazas unas al lado de otras, les daba compostura y, dentro de su cabeza, se cruzaban voces de la televisión, algún comentario de su mujer, la idea de que ella debería estar a punto de llegar, recuerdos sueltos. Se acordó de Felipe González, una vez más, y lo dejó disiparse en el pensamiento. Se acordó del helicóptero en Timor, las hélices, ruido constante, sin descanso, las hélices castigando el aire hasta conseguir que se moviese aquel monstruo de metal, centinela de la isla allí abajo, montañas y mar, el helicóptero vibrando de alborozo.

Y llegó la hija. El padre, que la esperaba, que preveía su llegada desde el desayuno, se sorprendió con la realidad de su presencia, paso repentino entre no estar y estar, entre imagen presentida y absoluta solidez, todas las dimensiones de una persona. En medio de aquella mañana ya tan luminosa, se alegró con la llegada de su hija, se iluminó aún más, ganó claridad por dentro, aumentó su ligereza. Pero respetó la sobriedad, Helena, el nombre de la hija llenándolo, mi Helena, mujer que se acercaba a su mujer, madre, Helena y Alice, esos dos nombres juntos, esas dos mujeres abrazándose al saludarse, el tiempo ha pasado por las dos, pasa por todos, la hija mayor, la madre envejecida, la hija que sigue a la madre, el sentido del mundo.

El padre esperó. Cuando llegó su turno, ya era de nuevo el padre formal, menos ceremonioso que los padres de otros tiempos, mucho más moderno que aquellas imágenes del pasado, décadas antiguas, pero padre, saludó civilizado. Y así fue como llegó la hija, dejó el bolso, se quitó el abrigo, hablando con su madre, charla de sábado por la mañana, a media mañana. El padre se quedó para verlas, disfrutó de esa fascinación con plena conciencia de su valor: sin precio, aquel era uno de esos casos que no tenían precio. Todo no puede venderse por un importe, por más desorbitado que sea. Si vendemos todo, no hay cuantía que nos sirva, no tendremos uso que darle.

Ya se había puesto los zapatos, estiloso, sostenía la chaqueta doblada sobre el brazo, se la pondría enseguida. Ya había llamado al chófer. Sin querer interrumpirlas, se acercó al diálogo de las mujeres. Al sentirlo, le dejaron hablar. Dijo poco, solo lo esperado, se despidió de las dos, no fue necesario más. Entendían el cuidado que ponía en la manera de dirigirse a ellas. Cuando ya estaban de nuevo entretenidas, puso cierta distancia y volvió a fijar aquella imagen, su mujer y su hija: la mujer, entusiasmada con los planes, rejuvenecida, pero con sus limitaciones; y la hija, apocada, pero contagiada con el entusiasmo de la madre, iluminada. Antes de salir, al mirarlas, el señor Rui se preguntó muchas veces a sí mismo si estaban bien. Era una manera de prolongar aquel instante, sabía que estaban bien.

Ilusión. Hay algo en mí que parece empezar a medida que la máquina gana vida. El motor es un gemido creciente, un llanto, cada vez más alto y complejo, grito retorciéndose, expandiéndose y, poco a poco, afectando a todo a nuestro alrededor, separándonos del mundo. Por encima de nosotros, las hélices van aumentando la velocidad, se liberan de la inercia que las aprisionaba. A distancia, por encima del hombro del piloto, a través del grueso cristal de la cabina, distingo afuera las miradas de los timorenses, veo crecer su asombro. Cada vez más, todo se dirige a un punto insostenible. Las hélices han desaparecido, giran tan deprisa que se han hecho invisibles, sin un filtro opaco que nubla la claridad del cielo. Al gemido agudo de la máquina se ha unido el rumor de las hélices, grave, como un palo que azotase a esta hora de la tarde. El piloto parece tenso, se coloca los auriculares en la cabeza y, enseguida, cuando las hélices y el motor parecen a punto de todo o de nada, tira de la manivela y, en un instante sobrenatural, el helicóptero levanta las patas del suelo, insecto, agita el cuerpo en la subida. Quizá algo agobiados, nuestra reacción es gesticular con vigor, decir adiós a los que se quedan: entre arbustos verdes, flagelados por el vendaval, tanto los cuerpos, pelos al aire, camisas queriendo volar del tronco, como las propias hojas de las plantas, copas de árboles sopladas por el helicóptero. Todos nos dicen adiós también. Sospechan que no nos van a volver a ver nunca más, volvemos al lugar donde hemos pasado toda la vida antes de este día.

A mi lado, João Carrascalão me tira del brazo, quiere señalarme algo en el paisaje. Me inclino hacia su lado, miro por su ventanilla, pero no sé a qué se refiere. Es imposible oírlo, el motor emite demasiado ruido para llevarnos. Ya hemos alcanzado bastante altura, hay detalles que han perdido definición. A los ojos de los que hemos dejado abajo, hemos desaparecido en el cielo. Me los imagino volviendo ahora a su vida, la admiración de los niños timorenses, la ingenuidad de las mujeres timorenses, los hombres timorenses con los que hemos hablado, productores con las manos llenas de callos, gente que sabe escuchar a las plantas.

Ya no sé cómo los concebía cuando todavía estaba en Portugal. A lo mejor, les ponía las caras de los timorenses que había conocido en Lisboa. Humedad en el aire, camisas usadas, barba salvaje, estos timorenses nos han enseñado rápidamente que las arrugas de sus caras son de trabajo. Ahora vamos a ver el café. No sé cómo habrá traducido João Carrascalão estas palabras sencillas. La verdad es que, tras algunas voces de mando, salieron dos o tres chicos por la puerta. Aprovechando la pausa, charlé con João Carrascalão, el único que habla portugués, sin contar a los propios portugueses, acompañantes, autoridades, periodistas y a mi yerno Joaquim Manuel. El salón parroquial de la iglesia de Nuestra Señora de Fátima hacía eco, no con las voces de los timorenses, callados, observándonos con curiosidad sumisa, desconfianza, casi miedo. En cuanto les sonreí con los ojos, me sonrieron de vuelta. Y entraron dos mozos cargados con un saco bien pesado. Al abrirlo delante de mí, comprobé que estaba sin pelar. Estuve a punto de perder la esperanza, pero vine de tan lejos que les di un voto de confianza. Por eso, rasqué la cáscara de dos bayas, las abrí con la uña, las olí. Tenían el aroma normal de las bayas de café, acepté ese aliento. En un mar de dudas, dos técnicos que habían venido conmigo se acercaron al saco. Mientras se aproximaban, intenté animarlos, sin palabras, solo con gestos. Y pedí café limpio. Nueva espera, esta vez mayor. Durante ese tiempo, a un par de metros de distancia, me crucé con la mirada de mi yerno Joaquim Manuel. No necesitamos palabras, nos entendemos con sutileza. Creo que en mi cara había una sonrisa que reflejaba la suya. En esa generosidad, distinguí una sintonía: las ganas de ayudar, incluso con casi todo por hacer, esperanza tenue. En ese instante, concentrado en las cosas del café, en la humedad tropical, en ideas, no entendí que, años después, lo recordaría por esa sonrisa, mi yerno Joaquim Manuel, que sonrió tantas veces con la misma bondad.

Y, de repente, un chico: llegó con dos bolsitas de café pelado. Mientras los técnicos lo olían, a mi manera, con traducción improvisada de João Carrascalão, intenté explicarles a aquellas decenas de hombres que, el día que vendiesen el café limpio, duplicarían las cuentas, ganarían el doble. Estas palabras, aun después de pasadas a su lengua, eran recibidas con gesto amedrentado, cabeza encogida entre los hombros. Les dije que les regalaba un par de máquinas, que les proporcionaría formación en la India o en Vietnam, donde hay empresas con experiencia con las que trabajamos. No estoy seguro de que me entendiesen. Pero uno habló desde una punta, otro habló desde la otra, João Carrascalão les respondió y, enseguida, tradujo. Era la cuestión del precio, les preocupaba ese tema. Les hablé de las estimaciones de los mercados internacionales, pero, en el mismo instante en que estaba usando esas palabras, allí, en el salón parroquial, las palabras todavía delante de mí, salidas de mi boca, comprendí que no tenían sentido.

Tanto verde en esta tarde de febrero. Abajo, las montañas. Esta es la naturaleza pura. El helicóptero avanza con la nariz ligeramente inclinada sobre la tierra. Hay dificultades en este negocio, son las dificultades de la evolución de un país, el transporte, las malas carreteras, también la cantidad de océanos y continentes entre Timor y Portugal, la cáscara que triplica el peso del material, está la certificación, todo es nuevo bajo esta bandera. Pero contemplo la distancia desde el interior del ruido que hace este helicóptero para mantenernos en el cielo, verdaderamente volando, contemplo la distancia y sé que mucho más grande que las dificultades es la ilusión.

4

El mundo ha explotado y ahora hay un silencio pleno, meticuloso, como si lo fundamental acabara de nacer: la luz, el sonido. El mundo ha explotado y ahora el color de las superficies es más limpio, puro, me sorprendo con ínfimos detalles. El aire es fresco en los pulmones, tiene un aroma insigne, casi aristocrático, mezcla de nuevas tapicerías, aceite de motor, humo de cigarros. A nuestro alrededor, fuera del automóvil, hay una densa nube de polvo que filtra esta hora, la matiza. Poco a poco vuelven los pequeños gestos y, con ellos, los pequeños sonidos. En el asiento de atrás, mi tía hace rechinar la napa, goma nueva, y suelta gemidos, le salen del alma. No miro hacia atrás, pero siento el olor de su laca endulzando el oxígeno. El conductor, a mi lado, se suelta los hombros, respira por la nariz, traga saliva o traga la constatación de este instante. Con dificultad, gira la manivela de la ventanilla, que baja dramáticamente. Por ese hueco entra el olor de la tierra, el polvo que se asienta despacio, granos de tierra revueltos por todo lo que ha pasado se asientan despacio sobre la chapa del automóvil. Sentimos la presencia los unos de los otros, estamos vivos.

Me quito el cinturón de seguridad, mis manos aceptan funciones minuciosas, abro la puerta. En cuanto pongo el pie derecho en tierra siento esa garantía, y me levanto. No puedo enderezar del todo el cuerpo. Soy un náufrago que ve el mundo por primera vez o, al menos, que lo ve de una forma inédita. Los zapatos del chófer suenan en el suelo, lo oigo dirigirse al otro coche. Abro la puerta de mi tía, tiene los párpados cerrados, se queja. Pobre señora, me quedo mirándola, le pongo la mano en el hombro y, por no saber qué decir, le pregunto: ¿está bien? Afortunadamente, no responde; pregunta sin sentido. Abre los ojos y empieza a decir que se quiere levantar, anciana valiente. La ayudo a incorporarse, se coge la cabeza con las dos manos, da un par de pasos, desgreñada, con el cuello de la camisa descolocado. La sostengo por el codo y la llevo de vuelta al asiento del automóvil. Mete una pierna y después, con dificultad, entre lamentos, mete la otra. Se queda sentada, con la puerta abierta.

Es entonces cuando los dolores llegan a mi cuerpo. No tengo nada roto, no encuentro ese dolor disparatado, pero tengo piezas fuera de sitio, dolor mudo, sin palabras. Son los huesos los que parecen separados los unos de los otros por las articulaciones, como si ocupasen sitios nuevos en el interior de la carne, y son los órganos también descolocados, el estómago unos centímetros fuera de su posición, los intestinos enredados, el corazón torcido. Es extraño caminar, hacer que se mueva este cuerpo. Los dolores le dan una forma que no reconozco.

Mis hijos están ahora en la escuela. Mi mujer está en casa con su madre, mi suegra. Esa idea doméstica es completamente opuesta a estar aquí, en la cuneta de esta carretera, cruce de Pegões, día gris y crudo, las voces de los conductores discutiendo, este olor a metal, los autobuses frenando en la carretera para mirar. ¿Qué hora es? ¿Cuántos años tienen mis hijos? Son todavía niños, quiero ir con ellos. Olvidar este instante. Quiero contarle a mi mujer lo que ha pasado y, así, liberarme de cada detalle. Ahora, me repito a mí mismo, quiero seguir con mi vida. Los dolores desaparecerán, la carne tiene el don de la renovación. A esta hora, en su misterioso silencio, los huesos y los músculos están ya buscando la manera de resolver el problema. El dolor es esa solución, es el ánimo en funcionamiento. ¿Qué hora es? Mis hijos están ahora en la escuela, deben de estar, casi seguro. João Manuel y Helena, pequeñita, el accidente me enternece el corazón, el recuerdo de sus caras me derrite, sus voces llamándome padre. Como pueda, cuanto antes, voy a volver a casa.

Los conductores siguen peleándose, discusión solo de palabras, sin golpes. Agradecidos por estar intactos, no arriesgarían ese logro con escaramuzas. Que agradezcan también esta discusión, no tendría lugar en el peor escenario. Si hubiese pasado lo que llegamos a temer, no alimentarían ahora desavenencias de este tipo. Venir en el taxi de mi cuñado no ha sido una buena idea, peor aún con este conductor. Yo hubiera puesto otra mano, otro cuidado. Los coches están mal cuidados, algunas formas están deshechas, metal abollado, grueso. No sé qué se podrá hacer con estos vehículos. Dudo que algún chapista pueda resolver estos daños. Más valía que acabasen con la pelea, con este intercambio ridículo de acusaciones. Si hubiese sucedido lo que pensábamos durante los segundos de confusión, no se comportarían de forma tan inmadura. No se discute con quien provoca muertes, como no se discute con muertos.

¿Qué hora es? Tengo que encontrar la manera de llegar a un teléfono y conseguir otro taxi que me lleve a Campo Maior, a casa. Los conductores, cansinos, siguen con su enfrentamiento. Como este cielo indeciso, esta mañana, ¿llueve o no llueve? Me importa poco de quién ha sido la culpa. Seguro que nuestro conductor está convencido de que le hablaré bien de él a mi cuñado, que lo libraré de este problema. Por eso se empeña tanto en la disputa. ¿Qué se obtiene de la culpa? Con dos automóviles destrozados y el cuerpo molido, ¿qué ventaja proporciona tener razón?

Tengo que ir a casa. ¿Qué hora es? Mi tía, señora que no merecía esto, hermana de mi madre, sigue lamentándose, respira entre quejas, con los ojos cerrados, agonizante. Hace poco estaba sonriendo, comentaba algo mientras miraba por la ventanilla. Íbamos en el interior de otra mañana de lunes. Todo parecía banal, el color del tiempo correspondía a esta estación, ya entrados en otoño, faltaba poco para llegar a Lisboa. Cada uno de nosotros hacía sus planes, certezas que ya podíamos ver. El chófer decía algo obvio, yo asentía con el mentón y, en el asiento de atrás, mi tía completaba la idea, añadía alguna expresión común. Se sentía la satisfacción en su voz, aunque estuviese de camino al hospital. No le esperaba un día fácil, pero esperaba un día productivo. El motor del coche, algunos baches normales, aceleraciones y frenadas, y nosotros solo estábamos, existíamos. Fuera, pájaros y árboles, a veces pueblos y aldeas, letreros, gentes metidas en sus asuntos, podíamos imaginar su vida cotidiana con tan solo mirarlas, ¿cómo se vivirá en esa casa? El paisaje iba cambiando poco a poco: Campo Maior y, enseguida, todos los caminos, múltiples gradaciones desde el Alentejo hasta Lisboa. En ciertas ocasiones, por la monotonía o por la caricia del aire tibio, casi dormitaba, alteraba pensamientos, mezclaba ideas con fantasías. Pero volvía siempre a la vigilia, volvía siempre al lunes, a estar allí. De repente, ha sido muy de repente, un gran ruido, los coches chocando, los pensamientos terribles, saliéndonos de la carretera, dejando de distinguir lo que pasaba fuera, el mundo explotando, el mundo ha explotado y, poco después, el silencio.

El agua tibia sobre la cabeza abrió una nueva realidad. En ese gesto, sintió que el propio mundo perdía las aristas de la temperatura y la solidez, fue como si todo lo que le era externo se volviese líquido. Tuvo la impresión de que si abriese los ojos estaría rodeado por formas inciertas, un mundo líquido, pero no abrió los ojos, esperó el champú. Los dedos que le extendían el champú por la nuca, por la parte de atrás de la cabeza, donde todavía tenía pelo, no parecían dedos, parecían una especie de máquina, aunque mantuviesen la delicadeza del calor y la textura de un ser humano. Cuando pasaban por la parte superior de la cabeza, menos pelo, aquel masaje era aún más sensible. Recostado hacia atrás, con el cuello doblado por la nuca sobre aquella palangana de cerámica, el señor Rui estaba entregado a lo que pudiera suceder.

Aquel descanso le llenaba de vigor. No tenía que contar horas y minutos, podía olvidar el antes y el después, quedarse quieto, aceptar que trabajasen a su alrededor. En el momento en que le ponían el paño alrededor del cuello y comprobaban cómo tenía de largo el pelo, respiraba profundamente. No necesitaba responder sobre el tipo de corte que deseaba. Aquel chico ya lo conocía desde unos años antes y, por varios motivos, su pelo no permitía invenciones. Durante el lavado, cerraba los párpados y aprovechaba. El perfume del champú atravesaba los aromas de otros detergentes que también flotaban en aquel aire, atravesaba una música llegada de varios rincones, fuentes disimuladas, atravesaba las voces de otros barberos, hablando en español los unos con los otros o con clientes. Todo eso atravesaba aquella luz. Y también el señor Rui, cuando lo acompañaban a la butaca, toalla envolviendo la cabeza húmeda, atravesaba aquella luz con el cuerpo.

Sentado, despeinado, algunas puntas encima de las orejas, oía al chico hablarle de los problemas del mundo y, poco después, de los problemas de la peluquería, como si hablasen de empresario a empresario. El señor Rui mostraba un interés moderado, iba siguiendo el asunto y, a veces, le respondía en su propio castellano. En el fondo del fondo, la gestión de aquel salón de peluquería en El Corte Inglés de Badajoz presentaba dilemas que podían compararse con las decisiones cotidianas de Delta, incluyendo todas sus áreas y departamentos. Aun así, en cuanto se salía del meollo de la cuestión, había grandes discrepancias.

Mientras estaba sentado, se miraba en el espejo. Le daban tijeretazos con criterio, disfrutaba de la cuchilla de afeitar haciéndole la forma alrededor de las orejas y miraba sus propios ojos en el espejo. A lo largo de los años fue pasando por varios peluqueros, eligiendo siempre el que más le gustaba, hasta llegar a aquel salón en El Corte Inglés. Allí tenía una justa medida de vida, el agradable movimiento de las tiendas, también de aseo y buen nivel. Embelesado con la charla del barbero, vocabulario nasalizado, extremeño, embelesado también con las atenciones que recibía, como si estuviese siendo esculpido, había podido reconocer su cara en muchos espejos como aquel: todavía joven, en Campo Maior, con mucho más pelo, hasta sin bigote y, después, con diferentes sábanas de barbero, solo su cabeza separada del cuerpo, aislada, envejeciendo.

¿Qué rostro tiene una persona? Al final de su vida, entre todos los rostros que ha tenido, ¿cuál es el rostro que realmente la representa? ¿Será el último rostro, por haber sobrevivido a todos los demás, el más válido? No le costaba encontrar argumentos contra esa idea.

Sus ojos en el espejo. El señor Rui tuvo una clara percepción: deseó que lo pudiesen conocer, que lo viesen desde sí mismo, hombre, elecciones y razones, siendo él como las otras personas eran ellas. Sus ojos en el espejo parecían contener esa verdad muda, gritada en silencio, pero solo él la podía identificar. Tal vez estaba condenado a contener toda aquella historia, momentos que sucedieron de verdad, con la fuerza con que sucede todo, momentos que fueron *este* momento, que recordaba con verdad, con peso y sabor, pero que cada día perdían un poco más de realidad hasta que todos dejasen de poder imaginarlos, hasta que se hiciesen inimaginables. Eso es la muerte. Le pareció entonces que morir de viejo es morir de cansancio, último agotamiento absoluto.

El gran día, dijo el barbero, interrumpiendo pensamientos. Creyendo que no lo había escuchado, insistió: *mañana*. El señor Rui al principio se sorprendió de que las noticias hubiesen llegado al barbero español, pero enseguida constató que todo se sabe y no le respondió, ignoró la conversación sin tener que decir una sola palabra. El barbero lo entendió y, sin gran habilidad, improvisó algo que decir, lo que fuera. No le bastaba la cualificación con las tijeras, su oficio también le exigía el dominio de la prosa.

Con el balanceo de aquella letanía, bajo sutiles acabados, mechones en el suelo como hojas alrededor de un árbol en otoño, el señor Rui cerró los ojos, apagó el espejo. Y, enseguida, surgieron imágenes sueltas sobrevolando en su interior. Se acordó de los productores timorenses de café.

Desilusión. Un chico me dice que hay noticias de Timor y, por su cara, comprendo que no son buenas. Estamos en el pasillo de la sede, voy de camino a mi despacho, hay algo de ruido sobre el silencio, gente que cumple sus funciones. Al principio de la mirada del chico, antes incluso de que fuera una mirada, cuando aún no estaba formada, pude ver algo. Con las palabras pronunciadas, aquella abstracción ganó cuerpo: una preocupación de líneas difusas se había producido exactamente en Timor.

De golpe, Timor me cae delante. Son escenas breves, fijas: las caras de los productores de café mirándome con asombro, el verde exuberante de la naturaleza, el olor de la tierra fértil, interior de la tierra, las chapas de zinc en los tejados, algunas oxidadas, cuadrados de varios colores sobre las casas, las dentaduras de los niños, sonrisas por todos lados, pelos enmarañados, camisetas de tallas mucho más grandes, llegándoles casi a las rodillas, y el sol de rigor, horas de sol ardiente, y el crepúsculo, cielo de todos los colores, rojo o rosa, naranja o amarillo, penumbra abriendo la noche, inmensa noche. ¿Por qué llevo conmigo tantos recuerdos listos para inundarme? Cualquier amenaza hace explotar los muros de contención de lo que sé, y vuelven los lugares donde he estado con la impresión plena de estar todavía allí.

Aprovecho el aspecto concentrado para pedir unos minutos. Sí, hay noticias de Timor, pero ahora tengo otras urgencias. Sin que tenga que afirmarlo explícitamente, esta es la impresión que dejo a mi paso. Entro en mi despacho y, delante de la mesa, de pie, hojeo unos papeles sin verlos realmente. No me avergüenzo de la disculpa que he dado. Sé que no tengo asuntos urgentes, pero necesito ese tiempo para recomponerme. Si puedo elegir, me niego a recibir noticias en un tiempo que no me pertenezca.

Inspiro, espiro, respirar es una actividad de gran valor. Cuando entiendo que estoy listo, espero un poco más, unos segundos nuevos. Entonces, como si estuviese siendo observado por mí mismo, convincente, pongo los papeles en un montoncito y vuelvo al pasillo. Me dirijo al sitio donde está el chico que me ha interpelado. Al acercarme, recuerdo a su familia, a sus abuelos, recuerdo también la primera vez que lo vi, todavía más joven que ahora. Enseguida me pareció competente y no me equivoqué. El chico se levanta al verme caminar hacia él.

¿Hay noticias de Timor? El chico reorganiza el discurso que traía preparado hace poco, abre mucho los ojos y habla de jaleo, jaleos, usa el plural porque no puede explicarme bien los detalles del asunto, algunas noticias que ha recibido son confusas. Mis recuerdos se deforman al oírlo. Y añade rumores, la ocupación de nuestros almacenes, saqueos. Le pido que pare, ya lo he entendido. A esta distancia, océanos, husos horarios, solo podemos esperar. Aun así, le pido que no crea a la primera los detalles por confirmar, esas posibilidades solo hacen crecer la desilusión.

5

El brillo de la novedad en todo, hasta en el suelo. Brillantes, lustrosos, mis zapatos avanzan por esa marea luminosa, claridad blanca sobre los encarnados, los amarillos y los azules de las estanterías, sobre los letreros que anuncian *ofertas*, eligen esta palabra aunque no regalan nada. Cuando los españoles dicen «oferta» no lo hacen con el mismo sentido que los portugueses.*

Me acompaña una comitiva que me va indicando el camino entre los pasillos, entre torres de paquetes de harina. El hipermercado está listo para recibir a sus primeros clientes, todo el mundo está fuera. A veces, pasamos junto a empleados aislados, uniformes recién estrenados, colocan en su sitio una última colección de latas. Los hombres que me acompañan no dejan de hablar, mueven la lengua al ritmo de los pasos. Esas palabras se mezclan con las pruebas del sistema de sonido en los altavoces. Suenan cuatro notas de una campanilla electrónica y, enseguida, la voz impostada, aunque sin dirigirse todavía a los clientes, solo pruebas: *uno, dos, tres.*

Paso por la sección de carnicería, está todo listo, esperando. Un hombre nos sonríe, vestido de blanco, delantal aún blanco, cabeza sobre la vitrina brillante. Freno para verlo bien. El cicerone que viene conmigo empieza un discurso sobre el tema, la carne, el cerdo, animal importante en Extremadura y, por

* *Oferta* en portugués significa «regalo». (*N. del T.*).

cortesía hacia mí, también en el Alentejo. Analizo el color de los filetes y pienso en mi madre. ¿Cómo reaccionaría si viese una carnicería así? Me acuerdo de la antigua salchichería, la seriedad con que mi madre trataba la carne, el despiece de los animales, la elección de cada parte, el valor que tenía cada corte, carne tendida sobre el plato cubierto con un paño, o carne sobre hojas de col. Mi madre encargándose de la salchichería. Ahora me parece que, encerrada en su pasado, mi madre está para siempre en el interior de una ilusión suspendida, una tierna ingenuidad. El mundo es otro, ha dejado de permitir que existan mi madre y su salchichería.

Seguimos nuestro camino. La nostalgia nacida del recuerdo de mi madre, ojos en la memoria, solo empieza a evaporarse cuando llegamos a los productos de Delta. Era esto lo que me querían enseñar, hemos andado bastante para llegar aquí, es un hipermercado enorme, pongo tono de elogio en estas palabras y es así como son entendidas, afortunadamente. Los productos están bien expuestos, brillan como todo lo demás. Para mí, brillan un poco más.

Peinado, engominado, el gerente recibe la indicación de que han llegado las autoridades del Ayuntamiento. Volvemos por un camino más diagonal, los rostros de la comitiva que me ha acompañado, liderada por el gerente, fingen relajación, pero aumentan el ritmo del paso siempre que pueden, cuando creen que estoy distraído. Y nos acercamos a una pequeña multitud reunida para la inauguración del hipermercado: clientes ya con su carrito, gente con prisa, encantada con la promesa de algunas pesetas de descuento, pero también otros representantes de marcas, como yo. O mejor, ninguno como yo, solo viajantes de comercio, sustitutos de los que no han podido venir, que no han tenido tiempo para hacer los kilómetros entre sus oficinas y este rincón de Extremadura, casi al final del mundo.

Al llegar a la animación, empiezo a saludar a todos los que se me ponen delante. ¿Es él?, oigo preguntar a alguien con acento de Badajoz, o tal vez de Mérida. La gente me conoce a ambos lados de la frontera. Estamos en 1993 y, tal vez por eso, no es costumbre contar con presencias como la mía en inauguraciones de este tipo. Mis socios creen que no merece la pena desplazarse, les falta sensibilidad, no reconocen la importancia del momento, quizá no se hayan dado cuenta de que son estas personas las que trabajan con sus productos, son estas manos las que hacen llegar sus productos a las manos de quienes los compran y consumen.

Entre los encorbatados del Ayuntamiento, en el centro del grupo, mi amigo español mantiene su inconfundible bigote. Viene a saludarme. Ha sido él quien ha querido invitarme y, claro, no podía decepcionarlo como él nunca me ha decepcionado a mí. Será él quien corte la cinta, supongo. Será su gesto el que va a provocar la suelta de globos y dar inicio a la carrera de carritos de supermercado e, inmediatamente, las cajas registradoras sonaron, voraces, indicando el precio de innumerables ofertas en día de inauguración, X pesetas con 99 céntimos. Pero eso será enseguida, ahora nos saludamos y nos miramos, en 1993, como tantas otras veces cuando éramos más jóvenes.

El paisaje acaba de nacer delante de mí. Soy el único testigo de este instante. Las formas y los colores se asientan limpios sobre los campos, mis ojos los estrenan. Lleno los pulmones de este oxígeno, también nuevo, fresco, pero sin la ofensa del hielo, ya sin la madrugada. Los pájaros se han desprendido de las ramas de las encinas donde han pasado la noche, exploran ahora todas las posibilidades de la distancia, no saben adónde ir, quieren estar en todos lados al mismo tiempo. Los insectos tienen sustento en la tierra y en los pastos secos, invaden la planicie marrón. Ese pueblo invisible habita toda esta extensión. Desde lo alto de este cabezo, alcanzo hectáreas desmedidas de España y de cielo.

Estoy de pie delante del universo. A mis espaldas, no sé si llegará a una docena de metros, están los cinco hombres que me han seguido durante toda la noche. Sentados, descansan la carga y la sombra. Hay momentos en que los oigo hablar, voces mal articuladas, comparables a refunfuños, desconocen el día. Temen a los fantasmas de los carabineros entre lo que se distingue, jaras y rocas, copas de árboles, tierra o cielo; temen a los carabineros al acecho, escondidos, dispuestos a aniquilar sus esperanzas, cualesquiera que sean esas esperanzas. En algún lugar de la tierra vasta e inagotable, hasta en algún lugar del cielo, carabineros mal encarados y miserables.

Esa es una inquietud justificada, pero mi tío Joaquim me enseñó a enfrentarme a ella, a no permitir que ocupe la mañana. Libre de esa obsesión, valoro la brisa, por ejemplo, que me acaricia la cara con el mismo gesto con que acaricia el tronco rugoso de los olivos, provocando el milagro que hace temblar las hojas de esos mismos olivos, verdes por un lado, plateados por el otro. Mi tío Joaquim me enseñó los senderos y, también, esta manera de estar aquí.

Con la puntera del zapato, elijo una piedra. Me agacho a cogerla. El tiempo le ha dado esta forma. Encierro la piedra en la palma de la mano. Nos hemos pasado toda la noche imaginándonos estos campos, llevamos carga e ideas de un lado al otro lado. Más que atravesar la frontera, atravesamos la noche. Abro la mano, dudo de la nacionalidad de la piedra. La tiro lejos, entra en el mundo de los pájaros, pero tiene muchas menos opciones, solo puede seguir una dirección. Existe el tiempo que tarda la piedra en hacer su camino. Sería ridículo establecer una frontera entre este punto y el sitio donde ha caído la piedra. Esta mañana clara ridiculiza todas las líneas invisibles.

Se acerca una figura, más cerca, más cerca, las botas se deslizan por la tierra. Sin tener que darme la vuelta para verlos, siento la inquietud de los hombres. Me sacudo el polvo con la palma de la mano, restos de la memoria de la piedra. La figura está delante de mí, sonríe con gentileza, tenemos la misma edad y estamos en el mismo sitio. Mi amigo español está aquí, ha llegado, lleva la sonrisa bajo su inconfundible bigote. Nos damos la mano. Los hombres relajan los maxilares, comprenden que era a él a quien esperábamos.

Mi madre tiende las dos manos para recibir la chocolatina. Se la doy con un gesto igual, somos simétricos. El momento en que la barrita deja mis dedos, el recuerdo del peso, gramos, trae el alivio de esa responsabilidad, ya no soy el guardián del tesoro. Con la misma geometría, la seriedad en la cara de mi madre es igual que la seriedad de mi cara, aprendí estas emociones con ella. Bajo la lámpara de petróleo, mi madre examina el envoltorio de la chocolatina como yo lo analicé en cuanto estuve solo con el regalo. La cogí con la punta de los dedos para evitar que se derritiera o me manchara. Mi madre pone el mismo cuidado. No reconoce las letras españolas, dibujadas de forma industrial, grabadas en el envoltorio. Antes, en la calle, he leído esas palabras en busca de alguna pista. Mi madre saca toda la información de las imágenes, del peso de la chocolatina, del tacto acartonado del paquete, no necesita leer.

Tengo catorce o quince años, soy un hombre, todo el mundo lo sabe. No obstante, cuando hago estos recados, mi madre pidiéndomelo delicadamente, me siento el niño que estaba en la escuela, que tenía que ayudar. Todavía tengo que ayudar, siempre tendré esa obligación, todos la tenemos, pero ahora ayudo con trabajo de hombre. Y, sin embargo, cuando mi madre, en días de descanso como hoy, me pide que le haga un recado de niño, vuelvo a ser ese chaval. Parecía desaparecido en la memoria, soterrado por el tiempo, pero de repente vuelve en detalles precisos como el camino hasta la casa de mi tío, yo llevando un capazo y, en su interior, un plato tapado con una servilleta de tela y, bajo la servilleta, una selección de la carne del cerdo que murió ayer con la punta del cuchillo matancero, trozos elegidos por mi madre. Tengo catorce o quince años, pero, en los paseos por este camino, a estas horas, en Campo Maior, atardecer del sábado, siento que tengo, más o menos, siete años, reconozco pensamientos de esa edad en la cabeza, son como recuerdos, pero existen en el presente y, así, también forman parte de él. Tengo catorce o quince años, intento no dejar de ser consciente de mi cuerpo espigado, pero llevo el capazo en el fondo del brazo, como en otros tiempos, el mismo capazo; por eso, cuando paso junto a alguien, buenas tardes, respondo con voz aguda de niño. O tal vez sea solo yo quien la oye así.

La timidez me quema las mejillas. No sé qué me hace tan esquivo al llegar. Aunque ella insista, la trato más de *usted* que por tía. Solos en la entrada de casa, en días como hoy, solo la traté de *usted*. Llamé a la puerta y, tras los sonidos habituales, los pasos dentro, la cerradura, cuando nos encontramos el uno con el otro demostró la agradable sorpresa de siempre, simpatía española. Al coger el regalo de mi madre, aunque acostumbrada, redobló los agradecimientos, que no hacía falta, no hacía falta. Usó otras palabras para decir que no hacía falta, usó una mezcla de idiomas, esa rara amalgama que incluye algunas palabras portuguesas, algunos sonidos portugueses, intento de aportuguesarlos, como si fuese posible, como si hubiese alguna posibilidad de quitarles el castellano a aquellas vocales. *Mi niño*, dijo al desaparecer por el pasillo con el plato mientras me pedía que entrara. Yo ya lo había hecho, estaba un paso dentro de la casa y, por eso, no sentí desobediencia o la necesidad de responder. Pero ella siguió insistiendo, su voz llegaba de la cocina, atravesaba paredes, acompañada por el ruido de las puertas de los armarios abriéndose y cerrándose.

Volvió con el plato vacío, enjuagado. Me lo devolvió con una sonrisa, quizá siempre la misma sonrisa, quizá una única sonrisa desde que nos vimos hasta que dejamos de vernos o, muy probablemente, quizá una sonrisa larga, única, desde el inicio del día, desde la primera luz en los ojos, hasta el final del día, el sueño. A veces, en casa, mi madre o mi padre soltaban alguna que otra duda sobre la tía española, pero no tenían verdaderos motivos. No se conocía mujer más risueña, a pesar del paso de los años, a pesar de los males de España, a pesar de la vida, que nunca es fácil. Solo ese ánimo ya sería cautivador para un hombre como mi tío Joaquim, él mismo siempre dispuesto a contribuir para el buen humor general.

Me agaché para colocar el plato en el fondo del capazo y, cuando me puse derecho, estaba quieta, mirándome, ojos en los ojos, sonrisa. Tímido, no supe cómo reaccionar ante ese segundo. Tras un instante, finalmente, ella empezó a moverse, sonrió todavía más, intensidad irresistible, y se llevó una mano al bolsillo del delantal. Esa mano parecía un animal autónomo, no pertenecía al resto del cuerpo. Y sacó la chocolatina, me la enseñó en el espacio entre los dos. Iba a rechazarla, pero no me concedió esa posibilidad. Conforme, solo pude agradecérselo profundamente, *gracias, muchas gracias a usted.*

Salí lo más deprisa que pude y, en un recodo del camino, en la luz posible, penumbra, cogí la chocolatina y analicé el envoltorio. Un chocolate español de categoría, diferente de los pececitos envueltos en papel de plata, mínimos, y de los cigarros, también envueltos en papel de plata, tan finos. Una hermosa barrita de chocolate, un buen regalo, español como mi tía y, sin embargo, a pesar del origen común, tanto mi madre como yo sabíamos que, casi seguro, habría sido mi tío Joaquim quien le había conseguido aquello, o porque lo fue a buscar personalmente o, más plausible, porque alguien a su servicio lo trajo en el bolsillo interior de la chaqueta. Mi tío es especialista en llevar y traer artículos de España, es un *experto* en el asunto. En este punto de la conversación, alguien haría siempre el chiste de comparar a mi tía española con otras mercancías. Sería un comentario respetuoso si se hiciera delante de él, o sin esa preocupación si se hiciera a sus espaldas.

La chocolatina era para mí. No fueron necesarias palabras directas para expresar esa intención, *mi niño*, se entendió por la forma como me lo dio, la sonrisa sin principio ni final. También sin palabras, mi madre la guarda y, sin duda, comprendo que no la volveré a ver. Será para mi hermana Clarisse. Cuando mi hermana pequeña venga a casa, a pasar la noche o solo de paso, mi madre querrá mimarla y le dará un trocito de chocolate. Abrirá el envoltorio con mucho boato, despegando una esquinita del papel y, después, le dará un cuadradito cada vez, con excepción del último cuadrado, que partirá en dos, cada mitad para una visita.

El chófer conducía con más precaución en Badajoz. Incluso los sábados había tráfico de ciudad y, a pesar de las mil veces que ya había pasado por aquellas avenidas, más de mil veces, tenía un cuidado añadido con las señales españolas. Le faltaba seguridad absoluta, los semáforos no tenían exactamente los mismos colores, más vivos o más apagados, no daban la misma confianza para empezar a acelerar. Además, era probable que el código de circulación tuviese otros detalles. No lo sabía bien, era mejor estar bien atento a los espejos retrovisores y conducir despacio.

En el asiento de al lado, el señor Rui aprovechaba la tranquilidad de esa concentración y las imágenes de aquella hora en Badajoz, gente paseando, los cuerpos aprovechando la amplitud del fin de semana. Además, la piel rapada en la nuca, las diferencias en el pelo, cortado y peinado, perfumes que añadían primavera a aquel instante. Con un carraspeo, estirándose contra el cinturón de seguridad que le enlazaba el pecho, el señor Rui puso la radio. Demasiado alta los primeros segundos. Todavía estaba sintonizada la emisora portuguesa de cuando salieron de casa. Sin ruido, claro, el locutor daba detalles de Lisboa, informaciones de caminos cortados por el desarrollo de una media maratón. El chófer y el señor Rui, rodeados por Badajoz, escuchaban aquellas noticias inútiles con pronunciación de Lisboa, tal vez de Restelo, como si avanzasen por el interior de una burbuja. Ese tiempo de Portugal en España no les causaba ninguna extrañeza, estaban muy acostumbrados. En Campo Maior, cuando podía, al chófer le gustaba escuchar un programa de debates que ponían en la Cadena SER. Si le tocaba estar solo a la hora del programa, porque estaba esperando al señor Rui o porque iba a hacer algún recado, el chófer sintonizaba la Cadena SER, sin importarle si estaba en las calles de Campo Maior, en los alrededores de Elvas o, incluso, podía darse esa coincidencia, en España.

Al señor Rui no le interesaba la charla de la radio. Solo quería algún sonido que le sofocase los pensamientos, el riesgo de ser denunciado. *El gran día*, aún recordaba las palabras del barbero, dichas con la música de su voz: *don Manuel*. En España, muchas veces, llamaban *don Manuel* al señor Rui. Las ideas que añadía alrededor de aquel comentario del barbero sobre el día siguiente contenían algún asombro y, en cierto modo, intentaban minimizar esa reacción. *Mañana*, insistía el barbero dentro de su cabeza, insistía e insistía, tratándolo siempre de *don Manuel*. En el momento en que esas palabras fueron pronunciadas, en que el barbero pretendió introducir ese asunto, fue más fácil cambiar de tema, hacerle ver que no era apropiado. Allí, estridente en su pensamiento, era más difícil hacerlo callar.

Se acordó del accidente en el cruce de Pegões. Aceptó el recuerdo, lo usó para cambiar de tema. ¿Cuántos años habrían pasado desde aquel maldito accidente?, la tía, la pobre, todavía viva y consumiendo su precioso tiempo con un recuerdo semejante, la cuneta de la carretera. Ya casi en la salida de Badajoz, llegando casi a la carretera de Portugal. Se acordó del accidente en el cruce de Pegões, la cuneta de la carretera, las ganas de irse a casa, sus hijos, su mujer, ¿qué edad tenían entonces sus hijos? Se acordó de Inglaterra, sintió un gusto a sangre en la boca, Inglaterra, ¿de dónde vendría ese recuerdo?

El gran día, don Manuel, todavía la voz del barbero resonaba en su cabeza.

Las generaciones son como fronteras, son como líneas, marcan un límite que divide. Las generaciones solo se dan verdaderamente por definidas al final del último elemento que las compone. Ese es el que lleva la última punta del hilo y, por más que aparente eternidad, llegará su momento. Las fronteras no pueden escapar a su naturaleza profunda: marcan el final de lo que nos pertenece y el principio de todo lo que existe más allá de nosotros, todo lo que nos ignora. Las generaciones son como fronteras. Podemos considerar cualquier generación: les sucede a los mayores, a los jóvenes, les sucederá a los que son ahora niños y a los que son ahora adolescentes, a pesar de su inocente arrogancia. Llegará el momento en que desaparecerán uno detrás de otro. Entre ellos, ¿quiénes serán los primeros? ¿Quiénes morirán antes de tiempo? Y ¿quién será el último? ¿Quién tendrá que presenciar la muerte de todos los demás? Ese aprenderá la lección a través de la experiencia, su vida será la frontera.

En la radio, el locutor todavía hablaba de la media maratón, miles de hombres y mujeres corriendo por la avenida 24 de Julho, en Lisboa. Cuando acabaron con la policía y la aduana, el suelo dejó de estar marcado, pero el señor Rui y el chófer sabían la localización precisa de esa línea. Sintieron el momento exacto en que el automóvil la atravesó.

6

Mi tío Joaquim me enseñó a ir y hablar con la gente. Parece que todavía me acuerdo de aquella conversación, pero sé que no hubo realmente una conversación, hubo varias incompletas, trozos de conversaciones, fragmentos dispersos, frases que me repitió muchas veces. Me dijo mi tío que cuando no conocemos a las personas, todo lo que creemos sobre ellas es mentira, suposiciones sin criterio, reflejos de algo, tal vez incluso de algo que nos pertenece, que puede corresponder a esas personas o no, un mero azar. Cuando no conocemos a las personas, las deformamos. Mi tío me enseñó a ir y hablar, llevar ojos y oídos. Cuando es así, lo más seguro es que nos caigan bien y que, al final, también acabemos cayéndoles bien.

Hace frío en este año de 1986, parece que no importa el mes, las estaciones no pueden hacer nada contra el fresco que hiela el tuétano. Es comparable a estas paredes, al cemento que las sostiene y que, en su punto más interno, mantiene una frialdad esencial. Tal vez se pueda comparar igualmente con el día que hace fuera, gris, creo, aunque no pretenda levantarme de este sillón y pasar a limpio ese teñido, esa especie de invierno. Aquí, sentado, es como si estuviese fuera, siento esa molestia al no ser esta mi casa, por no poder alcanzar esa paz.

Todos los días me llegan noticias de Campo Maior. A veces, me quedo mirando a individuos que han recorrido este camino, han venido a verme a propósito, trabajadores con funciones específicas o buenos amigos, compañeros. Al verlos, me doy cuenta de que, una hora antes, o quizá ni eso, estaban en Campo Maior, la tierra que es mía y a la que no puedo ir.

A veces, lo que me apetece sería pasarme el día aquí sentado, sin moverme, pero el trabajo tira de mí. Es el trabajo el que trae el futuro y, en ese momento, volveré a Campo Maior. No quiero ser ingrato con Badajoz, ciudad que siempre me ha reconocido y que reconozco, pero el aire se respira diferente en mi pueblo. Por eso me quedo mirando a todos los que vienen a la oficina de esta casa de Badajoz en la que se acumulan los meses, meses suspendidos, meses de espera. Son trabajadores de Delta o del Ayuntamiento, son personas que conozco desde hace muchos años y que me conocen a mí. Creo que, por mi cara, no distinguen un gesto de desaliento, me esfuerzo por no mostrarlo. Aun así, todos insisten en darme ánimos, tanto el ánimo que me desean personalmente como el que han reunido de los que se han cruzado con ellos y han hablado de mí, sabiendo o no que esos mensajeros venían a verme.

Un visitante puede ser el abogado que me dijo que cruzara la frontera y me instalase provisionalmente aquí, día de desconsuelo, no pensé que iba a llegar, ¿está seguro? Lo estaba, claro. El despachante ya había sido detenido y no iban a dudar lo más mínimo en hacerme lo mismo. No olvido esa ofensa, no puedo olvidarla. Siempre las fronteras, las aduanas, disculpas para humillar a la gente. Cuando llega el abogado, no quiero llenarme enseguida de esperanzas, retengo al chaval que todavía me habita, otra vez todo corazón, y dejo hablar al abogado, que diga lo que tiene que decir y, si es necesario, le hago preguntas, tengo que entenderlo todo.

Volveré a Campo Maior. Hasta en los días peores, nunca dudo de que volveré a Campo Maior.

Mi tío Joaquim me enseñó a ir donde fuera necesario y hablar con la gente. Vale la pena hablar hasta con aquellos que no nos dan una oportunidad, que nos condenan a la peor de las injusticias. Cuesta, pero vale la pena. Lo más seguro es que nos caigan bien y que, al final, también acabemos cayéndoles bien.

En el fondo, aquel era todavía el mismo sábado. Tras cruzar la frontera, llegado de la peluquería de El Corte Inglés de Badajoz, el señor Rui se sentía ligeramente renacido. La limpieza del barbero y la propia frontera ayudaban a lograrlo pero, en el fondo, aquel era todavía el mismo sábado, el sábado que había dejado en Campo Maior un par de horas antes.

Era la víspera del domingo que esperaba desde hacía tanto tiempo, que adivinaba en la imaginación. A lo largo de su vida, la experiencia le había enseñado a confiar en su imaginación, era nítida. Allí, sentado en el asiento delantero del automóvil, en aquel instante, paisaje que conocía tan bien, recordaba situaciones que ya no era capaz de saber si llegaban como las había imaginado o como las había vivido. En su historia, hubo siempre esos dos momentos: la previsión del futuro y la visión del presente. Pero allí, en aquel instante, todo eso era pasado.

El escenario más allá de los cristales del automóvil, que pasaba en la secuencia correcta, velocidad moderada, era una tranquilidad. En la memoria del señor Rui no había garantía de aquella linealidad. Cualquier detalle podía disparar un recuerdo de un instante de su vida. Así, seguía habitado por memorias, reflejos que flotaban. No era capaz de comprender si era por la edad o porque se acercaba el día siguiente, con todo el significado que tenía.

Aquel era todavía el mismo sábado, aquella era una seguridad a la que volvía. A pesar de la intensidad de los recuerdos, aquel era el tiempo que sucedía al velatorio de su amigo más sincero, persona que existía dentro del pasado, ahí seguía teniendo iniciativa, ahí seguía con una voz que se podía oír. Aquel era el sábado en que se había despertado al lado de su mujer, Alice, su nombre llenando el momento en que se menciona, aunque solo sea en la intimidad, Alice, en silencio, pensamientos. Alice estaría con su hija en aquel preciso instante, esa era una idea feliz.

Según iba avanzando el coche, el señor Rui fue abandonando reflexiones y, poco a poco, empezó a prepararse para la comida que le esperaba. No sabía exactamente dónde iba a comer. O mejor, el chófer lo sabía, y lo sabe. También lo sabían las personas que lo estaban esperando. A este lado de la frontera todo el mundo lo conoce, desde los niños más pequeños, que podrían ser sus bisnietos, hasta los de su edad o, incluso, hasta uno u otro más mayor que él. Por eso, todos los que se hayan cruzado con el señor Rui saben dónde ha ido a comer.

No era un secreto, sigue sin serlo. Sin embargo, esos detalles no aportan nada que interese al mundo. Por un lado, el señor Rui desea mantener ese sitio, se lo merece. En esa y en otras ocasiones, utiliza su privacidad para organizarse. Aquel sábado, la utilizó para comprender el día y el momento en que estaba, víspera del domingo que había esperado durante toda su vida. Por otro lado, no saber dónde fue a comer el señor Rui nos recuerda que no lo sabemos todo. Nos proporciona esa valiosa información que debemos tener siempre presente: no lo sabemos todo.

Era una niña con genio en los ojos. Tenía seis, siete, ocho años. Podía estar, por ejemplo, contando alguna historia y, de repente, le interesaba un grano de polvo, lo analizaba, se concentraba en él y dejaba las palabras solas, brotando como un hilo de agua, decayendo olvidadas en su voz de muñeca. Mi hermana Clarisse era una niña. Cuando aparecía, portaba una inocencia que aún recordábamos de nosotros mismos, pero que habíamos perdido de forma inevitable. Mi hermana Cremilde era quien tenía más oportunidades de apreciar aquella pureza, por ser las dos chicas, por las bromas que se hacían a pesar de la diferencia de edad. Mi hermano y yo teníamos más difícil acercarnos, también porque Clarisse se pasaba la mitad del tiempo en casa de la otra familia. Ella los trataba con intimidad, con cariño, también a ella la trataban así, pero siempre intentábamos demostrarle que su familia efectiva éramos nosotros. Claro que no exagerábamos en ese favoritismo, no queríamos confundirla. Mi madre usaba con frecuencia esas mismas palabras: no queremos confundirla.

Fue así como creció mi hermana Clarisse. Hubo un periodo en que me imaginé muchas veces la conversación decisiva entre mi madre y aquella pareja que adoptó a mi hermana. No fue verdaderamente adoptada, nosotros nunca usaríamos ese término, no era el verbo correcto. Mi hermana Clarisse seguía pasando tiempo y algunas noches con nosotros, sabía quiénes éramos, pero pasaba temporadas más grandes con ellos, los padrinos. A pesar de la cercanía de las puertas, no llegaba a verla cuando las semanas volaban. Por eso, cuando estaba con nosotros, la presencia de mi hermana cambiaba la casa, nos sentíamos más completos. En esas horas, mi madre solo se enfadaba de mentira.

Ya una muchachita, en la adolescencia, había veces que mi hermana aparecía desconsolada, no sabíamos qué podíamos decirle. Probablemente, Cremilde y mi madre la entendían mejor, los secretos de las mujeres empiezan a esa edad. Aunque no haya relación explícita y comprobada, ahora me parece que fue por entonces cuando empezó a debilitarse. El entusiasmo infantil fue sustituido por alguna indolencia, los hombros caídos. También por entonces, influida por mi madre, que requería su ayuda en la salchichería como maña, se fue acercando más a nosotros. Cuando nuestro padre murió, le costó tanto como a cualquiera de nosotros. Con mi madre viuda y desanimada, también ella se quedó abatida. Al malestar le gusta aprovecharse de ese tipo de padecimientos. Al final, tal vez haya sido en ese punto, ni los médicos lo saben, cuando le entró la enfermedad, cuando los pulmones se empezaron a llenar de desgracia.

Se casó con un chico, se gustaron el uno al otro, más o menos, todo pasó como debe ser, nacieron hijos, mis sobrinos. Clarisse se hizo una mujer, pero las fragilidades siempre a la vista, aquella tos, la falta de aliento, la necesidad de una silla rápida para sentarse. Hace un par de semanas, hablé sobre mi hermana Clarisse con ese chico, mi cuñado, él ya también un hombre, los rasgos cambiados, la barba cubriéndole las mejillas, piel azul y gruesa. Me dijo: tienes que ir tú.

Me encargué de todo, hasta del más mínimo detalle. Si no me ofrecí de inmediato para venir a Londres fue porque me pareció que no me competía, quizá alguna timidez del tiempo en que me quedaba con mi hermano António, a distancia, viéndola jugar con Cremilde. Eran nuestras hermanas, haríamos todo lo que fuera para proteger a nuestras hermanas pero, en casa, guardábamos aquella distancia debida.

Mi cuñado no tiene capacidad para un viaje de este tipo, el extranjero le da miedo. Tras preguntar por todas partes a médicos con cara y fama de serios, cuando le hablé de esta posibilidad, mi cuñado se asustó. Tanto él, como sus hijos, como mi hermana, más que todos, están hartos de Lisboa, hartos de ingresos que parecen no dar resultado. Ni siquiera las operaciones han servido para nada, trajeron el desasosiego de la espera, el tormento de la hora en que estaban sucediendo, mi hermana anestesiada, ausente, trajeron el lento achaque de la convalecencia, pero no trajeron una conclusión. Inglaterra, me respondió un médico hace ya un par de años. ¿Qué se puede hacer, doctor?, le había preguntado. Después otro y otro, cada vez eran más quienes daban la misma respuesta, Inglaterra, Inglaterra, Inglaterra, esa palabra dicha por diferentes voces, unas más graves que otras, unas con más prisa, otras con más calma.

Y aquí estamos, en Inglaterra. La habitación tiene una higiene de una calidad extraordinaria, el blanco es realmente blanco, pintura nueva en las paredes, ropa fresca en la cama. La electricidad parece tener otro tipo de nitidez. Mi hermana Clarisse, despeinada, camisón comprado en Campo Maior, quizá un regalo de nuestra madre, está sentada en la cama, dos cojines para apoyar los riñones. Si fuese capaz de mantener la animación que tiene ahora, estaríamos todos en casa. Sonríe con más luz que la mañana, filtrada por las ventanas, cielo con muchas nubes. Clarisse aprovecha la alegría de tener en esta habitación a todas las personas que conoce en Londres: yo, su hermano Rui, y la secretaria del banco Borges & Irmão.

Entra una enfermera inglesa, le dice algo a mi hermana, un chorro de palabras extranjeras. Sin entender nada, mi hermana redobla la sonrisa. La enfermera sigue hablando con el aire, señala detalles en los que no nos habíamos fijado y, de repente, se vuelve hacia la secretaria del banco Borges & Irmão y le dice algo. La secretaria lo traduce automáticamente, la enfermera ha preguntado si mi hermana tiene hambre. Dice que va a traerle la comida. De hecho, me ha parecido entender alguna palabra. Clarisse arruga la nariz, llega a decir que no tiene apetito, pero la secretaria no lo traduce a inglés porque, dos segundos antes, la enfermera ha salido por la puerta, zapatos silenciosos de goma.

No sé si hay otras cuentas en pesetas autorizadas por el Banco de Portugal en nuestro país, es probable que la mía sea la única. Esa es solo una de las cuentas que tengo en el banco Borges & Irmão. Nadie sabe cuántas veces habré pasado por sus puertas. Cuando les expliqué la decisión de venir con mi hermana a Inglaterra, fue el propio director el que sugirió a su secretaria para hacer el papel de intérprete. Yo ya la había visto, pero solo oí su voz cuando tuvimos la breve reunión en la que le expuse la propuesta. Tenía una voz débil, hablaría con su marido, se lo tenía que pensar.

El marido fue a despedirnos al aeropuerto de Lisboa, llevó las maletas. La secretaria es una mujer agradable, expresiva, a Clarisse le gusta su compañía. La secretaria del banco Borges

& Irmão está ahora sentada en la butaca donde pasa la mayor parte de las horas del día, una butaca tapizada, cómoda. Yo estoy de pie, manos en los bolsillos. Estoy en posición de salida, no puedo evitar ese pensamiento bajo todos los demás, pienso ya en mañana: taxi inglés, aeropuerto inglés, espera, viaje en avión, coche hacia Campo Maior, llegar a casa, dormir y mañana. Mi hermana Clarisse, obviamente, no piensa en mañana, no piensa ni siquiera en dentro de una hora, disfruta de este instante absoluto.

Hay momentos en que veo rasgos de su cara de niña en su cara de cuarenta años, cuarenta y pocos. Sí, es la misma persona. Creo que recuerdo cuándo nació. No puedo estar seguro de ese recuerdo, aunque lo distinga, imaginado o real. Ha nacido tu hermana, me parece oír decir a alguien. Me acuerdo bien de verla pequeña, corriendo entre tropiezos, ese es un recuerdo claro. Me acuerdo de cogerla de la manita.

Llega la enfermera con la bandeja. La secretaria del banco Borges & Irmão aprovecha para justificar su presencia, empieza a hablar con la inglesa. Por el tono, no soy capaz de entender lo que dicen. En la bandeja viene todo bien presentado, comida de hospital, pero con buena pinta. Muy pronto volverá a su origen casi sin tocarla. A mi hermana no le gustan estas comidas, puré, envases pequeñitos de mermelada y otros manjares.

Decae el ánimo. No podía ser de otra manera, los segundos son implacables, los momentos intentan agarrarse a ellos, pero no pueden contenerlos. Los segundos son implacables. Mi hermana, con la bandeja delante, tocando la crema verde con el extremo de la cuchara, reconoce lentamente que estamos ante el tiempo que no queríamos que llegase. La fecha de salida estaba marcada, días antes sabíamos la hora. Oí la conversación telefónica en la que Clarisse le explicó a su marido que yo iba a volver, que se quedaría con la secretaria del banco, no sabía cuánto tiempo, él insistiendo, ya te he dicho que no se sabe cuánto tiempo. No oí la llamada de la secretaria, pero la pagué y me la puedo imaginar, explicándole lo mismo a su marido. Más tarde, yo le aseguraba que vería la manera de que su marido viniera a verla, se lo agradecía mucho.

Salió la enfermera. Aquí estamos los tres. Mi hermana echa algunas lagrimitas, como no podía dejar de ser. Yo no lloro, ¿qué es eso? Me acerco a ella, dejo que me coja el brazo. La secretaria del banco Borges & Irmão me mira en silencio, repite con esa mirada las promesas que le hice, la visita de su marido, más alguna que otra cosa. Solo con la mirada se lo confirmo todo, mi palabra no deja lugar a dudas, incluso en silencio. Y vuelvo a mi hermana Clarisse para decirle: vas a ponerte bien; ahora tienes que hacer este sacrificio, cuesta, pero vas a ponerte bien. Mi hermana Clarisse, que sabe más de sacrificio que todos nosotros, de nuevo niña, con todos los rasgos de su cara de niña, cierra los ojos para creer lo que le dice su hermano Rui. Esta niña de cuarenta y pocos años, tengo que protegerla. Te vas a poner bien, hermana. Estoy ya cerca de la puerta abierta, acabo de coger la maleta del suelo, todavía tengo a mi hermana Clarisse delante, sentada en la cama, el camisón comprado en Campo Maior, su rostro suplicante, mi hermana pequeña. Y en un momento, en un paso inevitable, salgo, dejo de tener el rostro de mi hermana Clarisse delante, pasa a ser una imagen que llevo por dentro y que, al mismo tiempo, está impresa en todo cuanto me rodea.

Conozco cada palmo de esta carretera y, sin embargo, parece que avanzo por el interior de un sueño. Dudo de la propia realidad. Estamos ya muy cerca del pueblo. La iglesia matriz alzándose en el centro de todos los tejados. El conductor frena, levanta de repente la rodilla, quiere tranquilizar el motor porque ha visto algún secreto. Estoy a punto de molestarme, tengo prisa por llegar a Campo Maior pero, en el mismo instante, me parece oír la primera bocina. Llevamos las ventanas abiertas y, bajo el ruido del coche, sobre la existencia de los campos, verano pleno, cigarras por todos lados, esa bocina seca no es lo que deseaba pero, enseguida, escucho otra, y otra. Nos acercamos al pueblo y, a cada pocos metros, estamos más cerca de aquel caos de bocinas cruzadas, unas más estridentes, otras más gruesas, de camión. Saben que el señor Rui está llegando, responde el chófer a ninguna pregunta. No me molesta esa sorpresa, ni quiero saber quién lo ha contado, esta es mi tierra, es aquí donde me conocen. Llegamos a Campo Maior, julio de 1987. Ya en las primeras calles hay coches, furgones y camionetas para arriba y para abajo, cuando reconocen nuestro automóvil, empieza la euforia. No quitan la mano de la bocina, gritan a pleno pulmón. Lo veo, miro a todos lados, no sé si reír o llorar, es aquí donde me conocen. Tenemos que parar el coche.

Tras diecisiete meses en Badajoz, con determinados periódicos diciendo lo que querían, esta gente y estas calles estuvieron siempre aquí, gente que me ha visto en todas las circunstancias, calles que me han visto pasar haciendo recados para mi madre, o ya espigado acompañando a mi tío, o en el principio de los negocios y siempre, como hacía mi madre, dando fiado sin problemas. Estoy entre mi gente, tengo los pies en las calles de mi pueblo, es aquí donde me conocen. Me levantan por los aires con algunos abrazos, me sacan la camisa fuera de los pantalones, me dan palmadas en el centro de la espalda. No sé sonreír más que esto. Muchos de los que me rodean dicen algo, son gente que conozco hace muchos años, algunos hace cincuenta y seis años, que es la suma del tiempo que hace que respiro este aire. Y valoro enormemente llenar ahora el pecho con este aire cálido, valoro el sudor que me cae por la cara, que me pega la camisa al cuerpo. Los coches no dejan de pitar, algunos tienen el símbolo de Delta pegado en las puertas. Hoy, un día excepcional, pueden hacer esta travesura, pero mañana tienen que volver a las líneas de producción. Estoy rodeado de hombres con todo tipo de maneras, algunos me dan un apretón de manos y se apartan enseguida, otros se quedan a mi alrededor, me felicitan, también mujeres más comedidas, también niños, contagiados por la fiesta. Diecisiete meses, tanto tiempo, una vida entera. El conductor encuentra la manera de acercarse a mí y, en el centro del barullo, me pregunta en un susurro si quiero descansar. Con un gesto le digo que no, lo entiende. Esta es mi tierra, estoy entre mi gente, es aquí donde me conocen.

7

Mi mujer me ha dejado aquí solo para mirar por esta ventana. No importa lo que veo. Todas las muestras de movimiento y de naturaleza me conducen al mismo dolor ácido, tenue pero vivo, perceptible en el interior del gran dolor, el que abarca todo. La cruda comprensión de que el mundo sigue su curso, indiferente. Y, sin embargo, mi hermana Clarisse.

E imágenes mezcladas: su cara, principalmente, mirándome, esperando alguna respuesta, algunos días entusiasmada, el tamaño de sus ilusiones, mi hermana de niña, la seguridad de que existía el oxígeno que respiraba, tenía sabor como este oxígeno que respiro ahora, tenía temperatura en la piel y en el interior del cuerpo, todo era posible, todo era posible, y el cementerio hace poco, recuerdo de hace poco, la madera barnizada, el sonido de las voces, las ropas almidonadas, negras, la tierra, la pared de tierra en el agujero, las flores, y de nuevo su cara, su cara la semana pasada, su cara hace tres o cuatro días, la última vez que nos vimos, las últimas palabras que le dije.

Mi hermana pequeña riéndose de las bromas que pillaba, ese tiempo que ella ya no puede recordar. Este es el mundo sin mi hermana Clarisse. Como si, de repente, hubiese desaparecido todo lo que tenía que ver con ella, su historia. Ayer, aún teníamos el cuerpo, estaba allí, inerte, deformado, pero hasta eso era algo. Ayer, aún teníamos algo, ese poco. Ahora, bajo tierra, sé que no me la voy a encontrar en ningún sitio. Puedo recorrer el mundo entero, cada rincón del mundo, y sé que no me la voy a encontrar. Es como si mi hermana pasase a ser solo su nombre y, ni siquiera así, pronunciarlo nos asegurase percibirla. Su nombre se hace más incomprensible a cada segundo.

Clarisse. Repito en la cabeza resúmenes de su vida. No ha llegado a los cincuenta años, pero la imagino más mayor, mi única hermana pequeña con sesenta o setenta años, me imagino a mí más mayor, ella y yo, dos ancianos. Esa es una idea imposible, que ya no podrá suceder. Más allá de lo que veo desde esta ventana de mi habitación, está el pueblo entero de Campo Maior. En algún lugar tangible estará mi cuñado, su marido, con sus hijos. Hace poco, en el cementerio, indefensos, yo intentando decirles con la mirada que me voy a hacer cargo de ellos, pero el mármol rodeándonos, el cielo avasallador.

El rostro de mi hermana, pronuncio su nombre y la oigo decir el mío, cuando era una chica que crecía, el día que se casó, Clarisse, enferma, mi madre preocupada y, en silencio, explicándome esa preocupación. Voy a hacer todo lo posible, madre. Voy a hacer todo lo posible. La esperanza, parece ya inconcebible esa esperanza, la tibieza con que la sentíamos. La cara de mi hermana cuando le hablé de Inglaterra, la confianza que mostraron sus ojos en aquel instante. Después, su cara cuando llegamos a Inglaterra, o cuando la dejé en la habitación del hospital. Todavía esa esperanza, más pálida a veces, más desvanecida, pero aún allí. Voy a hacer todo lo posible, voy a hacer todo lo posible, y lo he hecho. Pero, dentro de ese todo lo posible, no había nada que pudiese evitar lo sucedido. El dinero no la ha salvado. Ningún dinero podría salvarla.

El aroma del café tostado le daba un tono acastañado al atardecer, se notaba en el cielo. El chófer sabía que, cuando dejaba la nacional 371 y entraba en los caminos de la fábrica de Novadelta, cuando giraba a la derecha viniendo de Campo

Maior, tenía que frenar. Estaba el límite de velocidad inscrito en señales de tráfico, estaban los camiones con remolques, podía estar pasando una carretilla elevadora, alguien podía estar cruzando la carretera y, con toda seguridad, el señor Rui tenía que analizar atentamente cada detalle, fiscalización exhaustiva durante aquel breve paso. Los sábados o cualquier día de diario, toda aquella zona olía a café tostado. Tras pasar el Centro de Ciencia del Café, cuando ya iban entre viñas y naturaleza, el chófer sabía que debía ir despacio. En esa parte, el señor Rui se dedicaba a disfrutar del paisaje, campos que le hablaban.

No había nada que pudiese compararse con la naturaleza. Las vides organizadas por tipo de uva, trabajo habilidoso hecho con manos y cabeza. Después, a lo lejos, unos alcornoques esparcidos, árboles que imponían respeto por su edad y solidez. Nadie dudaría de la resistencia que tuvieron, allí, en su posición inamovible, alcornoques agarrados a aquella tierra. El señor Rui observaba estas cualidades con profunda deferencia. Sin cambiar la expresión del rostro, los músculos impasibles, estaba orgulloso de las vides, mar de parras verdes. Aún recordaba lo que había imaginado y, ante él, se extendía su concretización.

A lo largo de los años, fue aprendiendo a imaginarse el edificio que se acercaba poco a poco, blanco solemne. El arquitecto tenía sus caprichos, insistía con líneas y ciertas minucias que, en muchas ocasiones, al señor Rui le parecieron inconcebibles. Es lo moderno, se repetía a sí mismo, comprendiendo que allí había un arte propio. Y las obras. Muchos sábados como ese, quiso subir a aquella altura del terreno para enterarse del progreso de las obras. A lo largo de la vida, se convirtió en un especialista en cemento proyectado, imaginó y creó condiciones para muchas construcciones civiles.

Adega Mayor. En cuanto se decidió el nombre, el señor Rui empezó enseguida a usarlo en todo tipo de frases y conversaciones. Tenía que vencer el momento en que se extrañasen aquellas palabras. Así lo había hecho con Delta y con todas las marcas que llegaron después. Soñó los vinos Adega Mayor, también el aceite, y allí delante estaba aquella realización que sorbía la fuerza de la primavera.

La maniobra del aparcamiento no fue complicada. Con la puerta abierta y la pierna derecha estirada, salir del coche fue más difícil. El tamaño del día aumentaba el aprieto de aquella adversidad. Ya se estaba haciendo largo aquel sábado, tiempo. Se acordó de su hermana Clarisse. Se acordó de su hermana Cremilde. Se acordó de António, las madrugadas en que se despertaban juntos, las travesuras que se inventaba con su hermano mayor. Se acordó de su padre, en el fondo de un tiempo enorme, años y años, décadas. Se acordó de su madre, todavía joven, rodeada de actividad, y ya anciana.

Levantó la vista del suelo y tenía a un hombre enfrente llamándole comendador. Aquella aparición fue repentina. Era un hombre que estaba allí de visita, llevaba botellas a su coche, gris, con matrícula española. El señor Rui sonrió durante toda la explicación. El hombre le aseguró que le bastaban dos minutos. Menos mal que lo veo, señor comendador. Y pidió equipamientos para un equipo de atletismo, dos docenas de camisetas de tirantes. Nombró la parroquia del concejo de Arronches a la que pertenecía, pero el señor Rui estaba pensando en la gente que lo esperaba dentro de la Adega Mayor. El hombre estaba aún dándole informaciones sobre los jóvenes atletas, chavales con buenas piernas para el cross, cuando el señor Rui confirmó el apoyo y le dijo que le diera sus datos al chófer. Aún sonriendo, le dio la mano y pasó a su lado, en dirección a la cita que tenía dentro. Al final, no llegaron a los dos minutos.

8

Todo se resume en la construcción de una casa. Este pensamiento lo asaltó al llegar, tras despedirse del conductor, atravesar el patio, en el momento en que entró y, en la transición de esa frontera, sintió la clara diferencia entre calle y casa. Todo se resume en la construcción de una casa. Esa palabra enorme, «todo», significaba todos los días que despertó en el interior de proyectos, problemas que condicionaron todas las decisiones, todos los gestos, significaba todo en lo que había creído a lo largo de ese tiempo, de esas edades, verdades incuestionables en su presente y, más tarde, al revisarlas, la condescendencia del futuro, confundiéndose con ingenuos espejismos. Y «casa», también una palabra enorme, significando no solo paredes y muebles, sino aquel mundo, la construcción de aquel lugar seguro, templanza del corazón y de todos los órganos, aquel aire donde existía de otra forma.

Sin ser conscientes de esta idea, pero formando parte de ella, su mujer y su hija, Alice y Helena, estaban como las había dejado a media mañana o, a lo mejor, algo más tarde. Tal vez fuese el entusiasmo el que les daba una ligera apariencia infantil. Miraba a su mujer, sentada, ochenta y ocho años, y podía distinguir a aquella niña en la que se fijaba en la escuela, en el aula de cuarto y en la praça da República, arrimada a sus amigas, y la forma como decían por entonces su nombre, Alice. Y su hija, en cuanto nació. Se acordó de la primera vez que la vio, envuelta, bebé, a unos metros de distancia y, poco después, cuando se la dieron, el rostro dormido, ojos cerrados. Se acordó de su hija con tres años, tal vez cuatro o cinco, bien arregladita, horquillas en el pelo.

Sonreían. El ánimo de la voz se deshacía a veces en carcajadas delicadas, omitían detalles de la conversación, como si guardasen secretos. El señor Rui identificaba esas ausencias, frases sin complemento directo, pero fingía no darse cuenta, las dejaba en la fantasía de reservarle secretos. El día siguiente sería enorme. La proximidad del día era la principal fuente de entusiasmo. Les hacía mucha *ilusión*, como decían los españoles. El día siguiente, domingo, 28 de marzo, le parecía una de las grandes lumbres de cuando era pequeño, un halo que les iluminaba la cara, como un asombro solemne.

Sentían la sensación del sábado, atardecer del sábado, circunstancia iluminada, pero el día siguiente estaba ya muy presente. El señor Rui sabía que las dos habían pasado aquellas horas planeando lo que iba a pasar, era ahí donde tenían su pensamiento. Sentada, su mujer movía los brazos para hablar, Alice gesticulaba, como si quisiese agarrar ideas del espacio que la rodeaba. La hija se preparaba para salir, se dirigía a su abrigo. Al mismo tiempo, él se preparaba para llegar profundamente a casa, relajaba los gestos y, al mismo tiempo, existía el movimiento de las palabras con que respondía a preguntas sencillas. Se alegraba con el ánimo de la hija.

Y llegó el momento en que se quedaron solos. Tras muchas despedidas, la hija se marchó. Se quedaron solos con sus nombres, Rui y Alice, con las fotografías en los marcos y los objetos, con el espacio en las habitaciones de la casa. Sí, había esperado toda su vida al día que estaba a punto de llegar. A partir de un cierto momento, aquel día se había transformado en un punto de referencia. Durante muchos años, no se lo podía imaginar. Podía nombrarlo, pero sería una abstracción, un concepto que podría integrar en cálculos, podría usar en argumentaciones consigo mismo, pero que no tenía realidad, no era verdaderamente posible. Y, sin embargo, ahí estaba: el día siguiente, lo miraba y seguía caminando hacia él.

Se acordó de los alrededores de Luanda. Se acordó del tío Joaquim. Se acordó de la praça da República llena de gente en sábados como aquel, exactamente a aquella hora. Se acordó de los campos de Extremadura, sintió el aroma de aquella distancia. Se acordó del Hotel Timor, en Dili, sentado sobre la colcha de la cama. La mujer dijo algo sobre el día siguiente, le reveló algo de lo que estaban preparando, un aviso que creyó mejor aclarar. Y hablaron sobre su hija, los dos contentos con el ánimo de su hija. Se acordó de la primera vez que vio a su hija Helena, envuelta, bebé, a unos metros de distancia y, poco después, cuando se la dieron, el rostro dormido, ojos cerrados.

Todo se resume en la construcción de una casa. Antes de levantarse para ayudar a su mujer, Alice, espera un momento, Alice, volvió a tener ese pensamiento.

Lo reconozco inmediatamente por los gestos de su cuerpo. Mis ojos todavía no están a la distancia de distinguir rasgos, pero me basta la postura para reconocerlo, no hay otra persona en Campo Maior que se presente así. Estamos solos en esta calle, avanzo hacia él, yo por una acera, él al otro lado, por la otra acera. Sigo mi camino, mantengo la velocidad. El hijo perturbado del señor, del jefe de mi padre, aún no me ha visto, está entretenido con cualquier asunto solo suyo, habla solo, susurra acusaciones dirigidas a sí mismo y, con el mismo tono de ofensa, responde, se defiende de sí mismo. Ya no me da miedo. Cuando murió mi padre, ya no me daba miedo.

De niño, lo que me amedrentaba quizá no fuese tanto sus actitudes extemporáneas, sus ataques, sino lo que oía. Me impresionaba su forma de hablar, el modo como su voz giraba hasta parecer la voz de otra persona, grave o aguda, pero me quedaba mucho más impresionado con los detalles que, pocas veces, describía mi padre, o con los comentarios de mi madre. Las noches que mi padre no llegaba, su sitio en la mesa vacío, me imaginaba el infierno de locura al que lo obligaban. Era el único que podía lidiar con ese chico, ahora un hombre. A veces había que agarrarlo. Esas crisis de sufrimiento podían durar horas, disturbios que le llenaban la cabeza, sufrimiento suyo, pero también del señor y de su mujer, pero también de mi padre, que llegaba a casa derrotado. Hubo ocasiones en que yo ya era más mayor, y todavía estaba despierto cuando llegaba; y hubo ocasiones en que yo era pequeño, y me despertaba en la penumbra de mi cuarto y, asustado, oía una parte de las conversaciones entre mi padre y mi madre.

Me acerco a cada paso. Ahora soy un hombre de veintitrés años, tengo mi vida montada. Hoy, al amanecer, después de despertarme, he dejado a mi mujer en casa con un barrigón de ocho meses, treinta y tres semanas. Cada paso es un golpe en este suelo, les enseño a las piedras quién manda aquí. Y, sin embargo, falta mi padre, falta en esta calle, falta en todas las calles de Campo Maior. Todavía me acuerdo de cuando el coche surgía de repente, llenando el camino, y era mi padre quien lo conducía, chófer del señor. Solo no me saludaba si no me distinguía en medio del grupo de chavales, o si no se daba cuenta, si me confundía con otro cualquiera. Yo lo distinguía siempre, arreglado, atento al volante y a la enorme palanca de cambios, la agarraba con la mano entera. ¿Cómo se las habrán apañado el señor y su mujer con su hijo tras la muerte de mi padre? No he querido saberlo. Podría haber indagado sin gran esfuerzo. En una pausa de alguna conversación con mil personas que saben esa respuesta, podría haberlo preguntado. No he querido saberlo, ya no vale la pena. Cuando mi padre estaba vivo, cuando le exigían que se quedase para domar al chico, tal vez hubiera sido distinto. Después, dejé de querer saberlo. En estos años, cinco ya, me he cruzado varias veces con el automóvil del señor: él viniendo en un sentido, yo yendo en el otro. El primer instinto es buscar a mi padre, mirar al asiento del conductor con esa esperanza, pero, enseguida, llega la constatación.

Padre, no debes nada. Cuando mi padre llegó de la mili, con el carnet de conducir regalado, traía también un trabajo para toda la vida con esta familia. Ajeno a todo esto, el hijo del señor se limpia los mocos con el dorso de la mano y, en medio de ese gesto, se fija en mí. Estamos a pocos metros, cada uno por su lado de la calle. Se queda parado, medio riéndose, siguiéndome con la mirada. Mantengo el paso, mantengo el rostro inmóvil, fijo un punto al frente. El hijo del señor gira el mentón sobre el cuello y va perdiendo la sonrisa, el pobre, no sabe quién soy, no entiende.

Tengo el resto del camino. Giro a la izquierda, bajo, cambio de calle y, en la distancia, voy dejando la sombra del hijo del señor. También el recuerdo de mi padre va volviendo a otro tiempo. Vuelvo a pensar en mi propósito y en el sitio al que me dirijo. La responsabilidad que se espera de mí es seria. Estoy a la altura: ahora soy un hombre de veintitrés años, lo repito, tengo mi vida montada. No ha sido mi tío Joaquim el que me ha mandado, soy dueño de mi propia iniciativa.

Además, he querido venir a pie, he querido tiempo. Pensar es elegir una dirección. No falta mucho para llegar. Estoy aquí y, aún hoy, cuando vuelva a casa al atardecer, quizá ya de noche, encontraré a mi mujer y a nuestro hijo a punto de nacer. Estoy aquí y, sin embargo, sorprendentemente, aún hoy, estaré allí, en ese enorme futuro. Sé adónde quiero ir.

La calle termina en una línea imperfecta, el empedrado se interrumpe sobre la tierra, llego al final del pueblo, pero todavía hay casas más allá. Los perros empiezan a ladrar. Avanzo por una vereda entre hierbajos. Las gallinas se desesperan, aterradas, corren en círculos. Al acercarme, los perros se tranquilizan. La puerta de la calle está cubierta por una tela. Al final de la vereda, bajo los alambres de secar la ropa, estirados con una caña, las gallinas corren a la altura de mis canillas. Alertada por el alboroto, la mujer viene a la puerta, aparta la tela con la mano. La cara se le descompone. Al verme, es como si la cara de la mujer se derritiese. En ese momento comienza a aullar, lanza un grito al cielo. No hay casas pegadas a esta, solo olivos, pero no me fío, me doy prisa y, en dos pasos, llego a la mujer, la cojo por los hombros y entro con ella en la casa.

Esta es una cocina oscura. Niños de varias edades me miran desde el interior de las sombras. No saben qué hago aquí, delante de su madre sollozante, dispuesta a desarmarse en un lloro convulsivo. La casa huele a moho, como si la humedad hubiese alcanzado la intimidad de las paredes, como si la madera astillada de la mesa y los taburetes estuviese impregnada de humedad. Intento tranquilizar a la mujer, pero parece que no entiende las palabras. Estoy obligado a esperar a que se canse.

Temeroso, uno de los perros vigila por una esquina de la tela que cubre la puerta abierta. Los niños, insensibles, medio dormidos, me siguen mirando con el mismo sopor doloroso, mocos secos. Entonces, por fin, hay un instante en que la mujer me mira, puede oírme. Tranquila, le digo tres o cuatro veces que esté tranquila. Cuando la siento respirar, le explico que a su marido lo ha cogido la guardia civil, está en la cárcel de Badajoz. Va a empezar a gritar de nuevo, pero le pongo un dedo en los labios. Porque no esperaba ese gesto, me deja hablar.

Le digo que no le va a faltar de nada, ni a ella, ni a los niños. Le explico que su marido no estará mucho tiempo en la cárcel, que es un caso trivial, que los españoles no quieren tener gente comiendo la sopa boba. Abro bien los ojos para que también comuniquen, mi mirada atraviesa las tinieblas de esta cocina y, con todas las palabras bien articuladas, le aseguro que no le va a faltar de nada, ni a ella, ni a los niños.

9

Paso junto a los hombres en las esferas de tostar y comprendo que no pueden hacer más, la destreza del cuerpo humano tiene un límite. Las cifras del negocio tienen que crecer para que, después, crezcan la materia prima y la mano de obra. Una familia de tíos y de hermanos aporta ventajas y desventajas al negocio. Está la confianza, valor número uno para el funcionamiento de cualquier marca, pero también está la dispersión de cabezas, cada una con sus opiniones y, a partir de ahí, las sensibilidades. Un enfrentamiento familiar, mal gestionado, descarrilado, provoca sinsabores que tuercen el eje de una vida. Paso junto a los hombres en las esferas de tostar, intercambiamos gestos, hacemos interpretaciones libres de esos ademanes. El calor de estos granos de café empieza a molestar, estamos en abril y sabemos que tenemos por delante una primavera cada vez más cálida y, después, un verano abrasador. Tanto estos hombres como yo tenemos nuestra cuenta de veranos de Campo Maior, tanto ellos como yo hemos pasado aquí todos nuestros veranos.

Siento a lo lejos el alboroto, los labios de la mujer moviéndose, los meneos que le da al cuerpo, los brazos invertebrados ondulando delante de ella, y comprendo inmediatamente de qué se trata. Acelero el paso, voy casi corriendo. La voz de la mujer se hace nítida, chillidos que salen de su rostro enmarcado por el pañuelo, un nudo bajo la barbilla, marco ovalado. Ha nacido su niña, ha nacido su niña, repite la mujer, compitiendo con los ruidos de la fábrica, que ha evolucionado bastante en los últimos años, a pesar de mis ganas de que evolucione aún más, mucho más. Se enciende una luz en mi interior, sé que este es un momento especial, pero tal vez mi cara no esté comunicando ese esplendor porque la mujer sigue repitiendo las mismas palabras, ha nacido su niña, ha nacido su niña, como si creyese que no lo he escuchado, como si esperase una reacción que no está sucediendo.

Hago las preguntas habituales. Sí, ha ido todo bien, el bebé bien, la madre bien, mi mujer Alice. Pero hasta después de las respuestas, continúa con la misma mirada insistente, esperando algo más. Acepto su gentileza y se lo agradezco, muchas gracias. Hago una pausa, la despedida está implícita, pero la mujer no interrumpe las dudas con que me mira y, un segundo, otro segundo, carraspea, otro segundo más. Sin aguantar más, me pregunta: ¿no se va a casa?

Tengo que reírme. El escándalo se hace visible en la cara de la mujer. Le explico lo que ya sabe: allí están mi madre, mi suegra, los que pueden ayudar. ¿Qué voy a hacer yo allí, inútil, con un par de brazos que no sirven para nada? Pero, pero, la mujer no sabe qué decir y, poco convencida, acaba saliendo.

Sin prisas, vuelvo al trabajo. De madrugada, encontré a mi mujer desanimada. Se quedó acostada de lado en la cama, aprovechando el descanso de la enorme barriga, aprovechando el sueño de nuestro João Manuel. Abrió los ojos para despedirse y volvió enseguida a cerrarlos. Pasaban unos minutos de las cuatro de la mañana, creí que era por el sueño. Ahora lo entiendo, estaba a punto de este día inolvidable, de este milagro. Los hombres que se dieron cuenta de la novedad de primera mano, o los que ya la sabían por uno de ellos, me dan una palmada en el brazo o me felicitan a distancia. Hasta cuando el ruido de la fábrica no me deja escucharlos, sé lo que dicen. Otros no se han enterado de la noticia, siguen trabajando, me ven pasar pero no me interrumpen, tampoco yo lo hago.

Hace cuatro años, fue parecido. Recibí la noticia del nacimiento de João Manuel, seguí mi jornada y, cuando llegué a casa, allí estaban mi mujer y el niño. Fue mi madre la que vino a avisarme del nacimiento. No le extrañó que siguiese trabajando. A estas horas, João Manuel estará de un lado a otro, quizá confundido, tal vez asombrado de tanto movimiento. Un niño de cuatro años, cinco dentro de nada, listo, dispuesto a jugar. En algunos aspectos, es como yo cuando tenía esa edad; en otros es muy diferente, menos mal.

¿Qué voy a hacer allí? Estorbar. Mi mujer, con toda seguridad, está aún cabizbaja, la propia niña debe estar exhausta por nacer. Que descansen, que respiren, que dejen al organismo recomponerse. Cuando vuelva a casa, al atardecer, João Manuel me recibirá a la entrada, debe de estar ávido de explicaciones, alguna seguridad después de tanto jaleo. Enseguida, llegará el instante en que entraré al dormitorio y la primera vez que veré a mi hija, envuelta, bebé, a unos metros de distancia, y me la darán, la cara dormidita, ojos cerrados. Mi Helena. Y la serena emoción de mi mujer, iluminada por alguna luz, entendiéndome mejor de lo que me entiendo yo mismo. Y mi suegra, parte de ese momento sagrado, presente de pleno derecho, embelesada con la hija y la nieta, matriarca orgullosa de un linaje de mujeres amables. Mi suegra que, tras quedarse viuda, a los treinta y dos años, se hizo cargo de sus hijas, les enseñó lo que sabía de costura y de la vida. Cuando terminó de orientar a la más pequeña, al fin, se sintió libre para venirse a vivir con nosotros. Una señora muy suave, modista y modesta, con sus tijeras, su caja de costura, sus telas con rayas de tiza. Una señora que no quiere darle trabajo a nadie, voz contenida, que sabe dónde debe estar y que, si no hace falta, desaparece en su habitación, allí tiene sus cosas queridas, bien ordenadas. También así morirá, sin dar trabajo, de un momento a otro, sola con Dios en su habitación, Dios siguiendo su voluntad.

Pero eso será después, ahora ese tiempo no existe. Ahora existe la fábrica, el olor cálido del café tostado, la producción y, también, el peso que voy a sentir hoy en mis brazos, el peso de mi Helena, bebé, ese peso ya existe.

Todos los días 27 de marzo, todas las vísperas del día siguiente. Al seguir esa lógica, no encontraba hitos concretos, acontecimientos que pudiese localizar precisamente en aquella fecha, pero podía reunir algunas ideas, o tal vez se las inventase: los 27 de marzo de cuando tenía treinta años, treinta y pico, en la década de los sesenta; o los 27 de marzo de cuando era adolescente, con quince años, por ejemplo; o cuando era niño, los ojos llenos de fantasía; o con sesenta, setenta años, los hijos y los nietos. Este pensamiento rebosaba imágenes, relámpagos bajo diferentes luces, era un pensamiento trabajoso. Fragmentos de episodios se enrollaban los unos en los otros, atravesados por voces que había tenido a lo largo de las edades, voces que le llenaban la cabeza con sus múltiples entonaciones. Por un momento, se dio cuenta de la inmaterialidad de ese mundo. Al final, tras todas aquellas conjeturas, reflejos de tantos 27 de marzo, estaba aquella habitación casi en silencio, solo el sonido que hacían al respirar, el señor Rui y su mujer solos, la televisión apagada, el peso del sábado, algún ruido que llegaba de la calle, noches diferentes a aquella.

El señor Rui y su mujer solos, el tamaño de la casa y, como un declive en el terreno, aquella sensación fatal de víspera. Mañana: si hablasen, casi seguro que empezarían cualquier frase por la palabra «mañana». El señor Rui carraspeó, como si fuese a hablar, pero siguió callado.

Durante mucho tiempo, no pudo imaginarse aquella fecha, era irreal en su pensamiento concreto, le faltaban herramientas para imaginarse un momento así. Podía incluso pronunciar la fecha, decirla en conversaciones, pero no pasaba de una abstracción. Sabía que aquella fecha pertenecía a la realidad de los demás, pero la realidad de los demás no era concreta, tangible, no se podía tocar con la yema de los dedos. Más tarde, mucho más tarde, aquella fecha empezó a tomar cuerpo, fue comenzando a ser capaz de tenerla en cuenta. Primero, de un modo vago y, después, como un objetivo o amenaza. Y, por fin, ya había llegado, solo faltaba un paso, solo dormir una noche.

El señor Rui y su mujer solos. En cierto modo, siempre habían estado así. Para cada uno de ellos, la presencia del otro era diferente a la presencia de las demás personas. Por eso, Alice sabía exactamente lo que pensaba su marido.

Al día siguiente, el señor Rui cumpliría noventa años.

28 de marzo de 2021

1

Me asomo al portón, lo han dejado entornado por el calor. La tarde va cayendo, tarde calurosa de junio, julio dentro de poco, pero el atardecer aún no ha tenido la oportunidad de refrescar. Las piedras guardan el fuego, liberan un aliento cálido. Hasta el cielo y las estrellas conservan la tibieza. Nadie se fija en mí, las mujeres siguen charlando bajo la luz de las lámparas de petróleo, cierran un poco los ojos para distinguir los pétalos de papel que doblan. Están sentadas en bancos bajitos, tienen las rodillas dobladas a la altura de la faja, en ese regazo, sobre las batas o los delantales, hacen flores de papel. Veo a mi amigo más sincero, también sentado en un taburete, concentrado para acabar una flor, pincelando detalles con cola. Tengo que tomar la iniciativa para llamar su atención, psst. Antes que él, una chica nota mi presencia: soy un ojo, la mitad de la cabeza en el portón entreabierto. Esa chica da una señal de alarma desproporcionada, me acusa de estar espiando, afirma que se lo voy a contar a las mujeres de otras calles. Pero yo sigo mirando a mi amigo más sincero, lo llamo con la mirada.

La jefa de calle es encaladora, una mujer con mucha más ciencia que la chica, y no le hace caso. Como las demás mujeres, entiende que no me importa esa disputa entre calles. Una de ellas anima a la madre de mi amigo: deja que se vaya el chaval. Él no se atreve a soltar la flor. Con un gesto del mentón, la madre se lo permite. Mi amigo más sincero salta del taburete. Me saca a la calle, a la noche. Y aquí nos quedamos, al otro lado del portón, removiendo la tierra con la puntera del zapato y charlando. Creo que tenemos siete, ocho o nueve años, aproximadamente, tal vez diez u once. No sé de qué hablamos, no me acuerdo, pero sé que, a veces, las mujeres empiezan a cantar dentro. Con más o menos coordinación, entonan canciones alentejanas. Cuando se paran, siempre queda alguna voz suelta, algo que una u otra quiere decir, sin dejar de hacer flores de papel, bajo la luz de las lámparas de petróleo. No sé de qué hablan, me importa más la seguridad de lo que oigo, este junio y la presencia de mi amigo más sincero.

Recuerdo las fiestas del pueblo, los meses de preparativos introduciéndose en el verano, la perspectiva de fiesta. No cambió de posición, las sábanas mantenían la temperatura adaptada a su piel. Tras las horas de la noche, sueño con sobresaltos, el señor Rui aprovechaba aquel tiempo, sentía su ligereza, era un tiempo delicado, deshecho en una consistencia muy delicada. No le costaba abrir los ojos, aunque prefiriese mantener el bienestar de los párpados. Seguía los números del despertador electrónico, ya pasaban las ocho de la mañana, pero no confiaba mucho en ellos, no le interesaba el detalle de los minutos. En vez de eso, se quedaba flotando en los sonidos que venían del piso de abajo, las empleadas organizando diversas tareas bajo las órdenes de su mujer, Alice, animada, se notaba por el tono, incluso a aquella distancia. Y ruidos de muebles arrastrados, entrechocar de loza, algo que daba en la pared y el sonido vibraba a través de la estructura de la casa. Era la preparación, el optimismo, señal de un futuro que el señor Rui se imaginaba de un modo muy suave. Allí, todavía acostado en la cama, ya fuera de su horario habitual, daba continuidad a la paz. Pero las ideas lo atravesaban, recuerdos o ideas. Recordó las fiestas del pueblo, la canícula de ciertos agostos.

A pesar del atardecer y de la buena distancia entre los hombres que me acompañan, a pesar de la camisa blanca, arremangada hasta los codos, el calor es vehemente. Camino por las calles, saludo y respondo a saludos. Voy al centro de este grupito, llevo las patillas que se llevan en esta época, 1972. En algunos casos, tengo que aflojar la marcha y hablar tranquilamente con conocidos. En todas las calles me quieren explicar las decoraciones, la novedad de esta o aquella flor de papel, la ingeniería y la arquitectura de las guirnaldas, geometría complicada en la que a veces me pierdo. Quien me da estas explicaciones es la jefa de la calle, la mujer que administra los cinco o seis meses de preparación que han dedicado a las fiestas. Conozco a todas estas señoras. A lo largo de ese periodo de tiempo, las he recibido en la oficina. Pedían escaleras y herramientas de varios tipos, furgonetas para hacer desplazamientos, brazos que ayudasen a cargar peso y, por orgullo, con la boca pequeña, fondos para papel, cola, alambre. Salgo de una calle, entro en la siguiente, la gente de una calle me lleva hasta la de la otra. La jefa de la calle, los que viven allí, trabajadores de Delta a los que saludo, uno a uno, amigos de todo tipo. Las líneas paralelas de flores de papel que forman un techo sobre las calles, ligeramente arqueadas, no son suficientes para tapar este sol que, casi a la hora de cenar, sigue siendo el sol de Campo Maior, sol de agosto. Al pasar por la calle de uno de los hombres que me acompañan, tras saludar a toda su familia, mujer, suegros, dos hijos ya adolescentes, futuros trabajadores de Delta, nos quedamos esperando a que uno de los chicos vaya a buscar la cámara de fotos, tiene un carrete por estrenar, todavía hay luz, y mi compañero insiste en que nos hagamos un retrato.

Recordó las fiestas del pueblo, alegría. Recordó sus noventa años. Ya tenía noventa años, aunque le pareciese que, al no haber salido todavía de la cama, al no haber empezado el día, estaba retrasando ese paso, estaba controlando esa decisión. Tumbado en la cama, entre minutos que no pertenecían a nadie, volvió a fijarse en la voz que escuchaba dentro de sus pensamientos, la voz que decía «yo» cuando pensaba en sí mismo. Y volvió a preguntarse: ¿quién decía «yo» en su interior? Esa voz no parecía tener edad. Recordó la luz que entraba por líneas que no conseguían mantener la incandescencia, días en que se despertaba a deshoras.

La luz lleva el tiempo. Esta luz que entra por las inevitables ranuras de la ventana está inscrita en el tiempo. Mi madre me deja dormir, sabe que he tenido una mala noche. Está en la salchichería, probablemente. Cuando llegué era de noche, había una noche entera a mis espaldas, un camino nocturno, la frontera de madrugada y la otra frontera. Ahora inspiro el olor de la casa. El sueño con sus ideas confusas, con sus sueños, confunde los recuerdos de la noche, España, Portugal, los hombres cansados, sus rostros, sus rasgos marcados por la claridad repentina de la mañana, luz azulada, verdosa o grisácea, nacer de un día frío. Y la alegría de prepararnos para volver a casa, y el miedo de que no sea posible volver, el miedo de que nada pueda ser como antes. Entré en casa por la mañana e, incongruente, llegué a la habitación con las ventanas cerradas, ya las ranuras de luz. Me descalcé, me quité el cinturón, me tumbé sobre la cama y desaparecí en el sueño. Y ahora me he despertado, por la tarde, un cierto mareo por el cambio de horario. Aquí, me imagino en otro tiempo, despertándome también pero por la mañana, sin obligaciones, quizá un domingo, toda mi vida hecha, recordando estar aquí.

Se acordó de su madre, la existencia de su madre en el mundo, cuando podía estar en un sitio sin ella, pero sabiendo que ella existía. Noventa años, el señor Rui era un hijo de noventa años. Le impresionaba esta constatación. Le sorprendía y sabía que, poco a poco, iría perdiendo ese asombro. Sin embargo, ese esfuerzo sería ignorado. No valía la pena acostumbrarse a tener noventa años porque no vale la pena acostumbrarse a ninguna edad. Se acordó de su madre. Se acordó de las fiestas del pueblo, Campo Maior como una niña coqueta, arreglada, Campo Maior inocente.

Tal vez haya sido el recuerdo de su madre, esa ausencia definitiva. O tal vez haya sido el recuerdo tan claro de ser otra persona. Uno de esos recuerdos le despertó una angustia, la pena de todo lo que no volverá a repetirse. Y tuvo que protegerse de ese peso. Poco a poco volvió a su habitación, al día de su cumpleaños, a los noventa años. No podía dejar los recuerdos, formaban parte de él, pero necesitaba protegerse de ellos. Sí, llegaban sonidos del piso de abajo, las asistentas como extensiones de su mujer, extensiones de todo lo que haría ella si pudiese, como hacía antes, Alice, los planes, su mujer por fin iba a ver las imágenes que había imaginado para aquel día. Por eso, preparación de cubiertos, platos, vasos, sillas para la enorme mesa de la comida. No se acordaba de la última vez que se había levantado tan tarde de la cama.

Horas antes, había escuchado todos los ruidos de su mujer al levantarse. Aún de madrugada, empezó a sentir sus nervios y, poco después, el primer movimiento. En ese instante, todos los movimientos, el intento poco habilidoso de existir en silencio. Por amistad, el señor Rui no cambió la respiración, no alteró la inmovilidad del cuerpo y el rostro, como si estuviese dormido, dispuesto a dar y recibir.

Todavía acostado, pero ya preparado para el día, imaginó cada etapa de lo que haría hasta que lo iluminara la sonrisa de su mujer, entre el trajín de las empleadas, la preparación de la comida de sus noventa años. Se imaginó de pie en el dormitorio, decidió la orden correcta para ejecutar cada gesto pero, antes, se quedó un instante más en la cama.

2

Todavía estaba sentado a la mesa del desayuno cuando llegó alguien. Al principio no supo quién era. El señor Rui continuó el gesto que había empezado anteriormente, ajeno. Estaba solo, con toda la mesa para él, terminando de desayunar. Las señales de aquella llegada eran como las migajas que tenía en el plato delante de él, salpicadas, pequeñas migajas de pan o, siguiendo con la comparación, pequeñas migajas de la voz de su mujer, palabras rotas, como su nombre partido, A, li, ce, palabras que se diluían en el sol hasta quedar solo el tono, libre y juvenil. No sería difícil encontrar una imagen en la mesa de aquel desayuno que ilustrase la disolución de las palabras en la luz de la mañana, pero el señor Rui estaba solo en la mesa y no le gustaba el café con leche, prefería tomarlo *solo*, como dicen los españoles. Notó que había llegado alguien, no pudo saber quién era y no se molestó en adivinarlo. Se llevó el café a los labios.

Primero fue el dulce, como un bienestar, un fondo con el propósito de agradarle. Dentro del dulce, creyó merecer esa tranquilidad. Al final, aquel momento se lo proporcionaba todo lo que había hecho, el logro de su vida, hasta aquel café, hasta aquel mismo dulce era, directa o indirectamente, producto de aquel trabajo ininterrumpido. Y fue entonces, en aquel esbozo de pensamiento, cuando llegó la acidez. Primero sutil, como una sombra de sí misma y, después, descarada, acidez limpia y orgánica, naturaleza que atraviesa el tratamiento del grano, el transporte, el tostado, hasta llegar allí, a su conciencia.

Volvió a abrir los ojos. Era su hija Helena en compañía de su nieto Ivan y de su mujer, y las niñas, bisnietas. El señor Rui se levantó mientras se limpiaba el bigote con la servilleta. Las pequeñas venían delante, extendían aún más la claridad del domingo, mañana iluminada, corrieron a las piernas del señor Rui y, como les habían enseñado, repitieron: felicidades, felicidades. Cuidado, no tiréis al abuelo, dijo la madre de las niñas, pero el señor Rui tenía una mano bien firme en el respaldo de la silla y estaba encantado con el recibimiento, niñas de rasgos delicados. Después llegaron todos los demás, Alice observaba las felicitaciones de la hija, de la nuera, mujer del nieto y, por fin, del nieto, chico y hombre.

Así empezó realmente el día. Las conversaciones iban en muchas direcciones, uno hacía una pregunta, empezaban a responder, pero alguien quería añadir algo o cambiar de tema. En el aire leve, solar, que llenaba el salón, que se respiraba con facilidad, aquellas conversaciones eran sencillas, transparentes. El señor Rui se reía con las bromas de las niñas y desautorizaba cualquier reprimenda de los padres. Ellos ya habían sido así también. Hace muy poco tiempo, también su nieto Ivan era así.

Poco después, en algún momento, llegaron todos los demás, puntuales, la casa llenándose. El señor Rui perdió la cuenta del orden en que llegaron, venían de todos lados, nietos y mujeres, niños, su hijo João Manuel con la mujer y la hija, todos felicitándolo. Cada uno tuvo su momento, su turno, pero llegaban otros, llamaban al señor Rui, le pedían que se diese la vuelta y, por eso, empezaron a surgir conversaciones paralelas, entre primos, entre tíos y sobrinos, hermanos que tenían que decirse algo el uno al otro en aquel momento.

La casa estaba increíblemente iluminada.

Y alguien se quejaba de no haber ido directos, pero otro decía lo contrario, debían ir juntos, llegar al mismo tiempo. El que se quejaba iba a argumentar, pero no llegó a hablar, estaban todos allí, no faltaba nadie y alguno de ellos, quizá el nieto Rui Miguel, miró el reloj y avisó de que era la hora, era mejor que salieran ya. Tenemos tiempo, dijo el señor Rui, mientras se fijaba en los niños, bien vestidos, indiferentes a la organización de los adultos, despreocupados e, inmediatamente después, fijándose en su mujer, Alice, feliz, brillante.

Se dirigieron a la calle y se repartieron, se ramificaron: hijos, nietos y bisnietos que poseían sus vidas. En la calle sonaban las puertas de los automóviles. El señor Rui iba con su mujer, a su ritmo. Dentro de los coches, todos los esperaban para salir en fila. El conductor esperaba al lado del portón abierto. Sí, tenían tiempo.

No me trate con tanta reverencia, no tengo estudios superiores, le respondo.

El hombre que no es de Campo Maior aparta la mirada, baja el rostro, se queda avergonzado, humildad analfabeta, sentido subalterno. No me ofendo con equivocaciones de ese tipo, pero la reacción del hombre me obliga a hacerle ver que no necesita tratarme así, puesto que no tengo estudios. No soy menos por ello, no me siento menos y estoy seguro de que él tampoco debe sentirse menos.

Conozco suficientes personas con estudios como para saber que no hay ahí ningún significado automático. Hay gente de todo tipo: desde el más sofisticado hasta la mayor bestia parda. Años de estudio para desarrollar una fina percepción, un saber estar y, justo al lado, en la misma clase de Coimbra, años de estudio para ser una auténtica bestia parda.

No sé por qué razón me acuerdo ahora de esto. No ha sido la primera vez que alguien me ha tratado de esa forma, tampoco ha sido la última.

No me trate así, le digo. Con mucho gusto le digo que no tengo estudios superiores. Me acuerdo de mi padre.

Estamos en el aparcamiento de la sede, acabo de llegar del Ayuntamiento. ¿Qué hora es?, las once de la mañana, probablemente. En cuanto he cerrado la puerta del coche, aquí estaba este hombre, no es de Campo Maior, quiere pedirme algo, tal vez ayuda para una asociación, un grupo folclórico, una sociedad de colombofilia, o quizá un caso concreto, una desgracia o una necesidad normal de la vida, quizá un empleo para él o para uno de los suyos, un hijo, una hija, un hijastro. Este hombre parece tener más o menos mi edad, cincuenta años. Quiero que se sienta cómodo. Que me mire de frente y pida lo que traía en la cabeza. Ya no estamos en tiempos de esas servidumbres, de esas vergüenzas. No tengo estudios, le digo con voz limpia. Y me acuerdo de mi padre, orgulloso.

La misa ya estaba adelantada, los niños inquietos en las sillas de madera. La voz del cura, envuelta en su propio eco, creaba una cadencia, poseía arquitectura y ornamentación, era comparable a la propia iglesia. Las columnas que sostenían la altura del techo parecían existir también en la voz del cura, en lo que decía y en su forma de hablar. Columnas de piedra limpia y radiante, pulida por el resplandor blanco que atravesaba las vidrieras y que, en un caudal oblicuo, salía a chorros hasta el suelo, tumbas de curas antiguos. De repente, irrumpía una nota en el órgano, nota sostenida y, enseguida, entraba el coro. Ese arrebato resonaba en el interior del pecho y, entonces, podía suceder que todo el mundo se levantase al mismo tiempo. El señor Rui reaccionaba siempre un poco más tarde, porque aquella regla colectiva lo cogía por sorpresa y porque las rodillas no le permitían respuestas automáticas.

Buscó una imagen precisa de la última vez que había ido a misa el domingo, pero no pudo encontrarla. Se había casado en aquella iglesia, miró a su mujer cuando aquel recuerdo le atravesó el pensamiento, Alice, fue a otras muchas bodas, bautizó a sus hijos y a toda la prole, fue padrino de innumerables ahijados, estuvo en mil misas de séptimo día, que son misas de otra calidad, incomparables, pero la razón para estar allí había sido la invitación insistente del cura, insistió mucho.

Cuando todo el mundo se ponía de rodillas, el señor Rui acompañaba a su mujer y, bien derechos, se mantenían sentados, con los rostros fijos en un punto. Si todo el mundo empezaba a cantar, unos leyendo de pequeños misales, otros con la lección memorizada, el señor Rui no intentaba mover los labios, asumía el desconocimiento y el ligero malestar de aquella situación. En el altar, el cura y los dos sacristanes iban intercambiando señales u objetos, como en un baile. En lo alto de los candeleros, frágil, la llama de las velas luchaba con el oxígeno y con la fragilidad del instante.

El señor Rui sentía a la familia rodeándolo. Ocupaban cinco o seis filas de bancos, no quiso volverse para confirmar el número, le bastaba la percepción de estar juntos. Formaban un bloque sólido, a pesar de sus diferencias, estos con cierto carácter, aquellos con otro carácter, cada uno con su vida, cada cual con su edad, hombres y mujeres, niños y casi adolescentes. Como piezas constituyendo una obra. El señor Rui sabía mirar a cada uno, rostros individuales, pero allí, a aquella hora, comprendía la unidad a la que pertenecían, y se sentía en el centro de ella, alimentado por su fuerza.

Y hubo un paso, una frontera que fue cruzada. No cambiaron solo las palabras, cambió el tono con que el cura se dirigía a los asistentes, como si se hubiera fijado de repente en las personas que tenía delante, como si al final las hubiera reconocido. Estaba cada vez más relajado, las palabras fueron perdiendo rigidez. Empezó divagando sobre la generosidad, deber cristiano, dio ejemplos de la biblia, evangelios tal y tal, capítulo y versículo, pero acabó volviendo a la historia que quería relatar. Y, como todos esperaban, fue a lo concreto: tenemos entre nosotros a alguien, y añadió adjetivos. Todo el mundo entendió que se estaba refiriendo al señor Rui, al comendador.

El cura acabó diciendo el nombre y el apellido. Para quien no lo supiese, informó de su cumpleaños, noventa años, de 1931 a 2021. El señor Rui sintió que lo miraban. Con ese peso, tuvo que mantener el delicado equilibrio entre la sonrisa de simpatía, el respeto por el lugar y la institución, así como la necesaria modestia. Mientras tanto, el cura discurría sobre la gratitud y, en nombre de la parroquia, en nombre de mucha gente, le dio las gracias.

El señor Rui aceptó esas palabras, pero no las interiorizó del todo, llegaron solo hasta cierto punto, lo prefirió así. En vez de eso, se fijó en sus hijos, nietos y bisnietos escuchando esas palabras. Quiso creer que había en ellas alguna utilidad, una lección.

Me inclino sobre mi tío Joaquim para que me escuche mejor. Me pide que le cuente otra vez lo que pasó, me pide que le repita los nombres de los gobernantes con los que he estado y la consideración que han demostrado por mí o, como prefiero decir, por nosotros. Tío, nada de esto soy yo solo.

Lo reconozco en aquel rostro envejecido. Estamos en su casa de mayor, sentados frente a frente. Tengo cuarenta y tantos, casi cincuenta años. Después de volverle a contar lo que pasó, es él quien repite algunas partes de la descripción, impresionado con su sobrino Rui, orgulloso. Sé que no lo voy a tener durante mucho más tiempo. Quiero contarle otra vez lo que pasó, tío, y otra vez más, para que sepa lo orgulloso que estoy de usted.

Delante de todo el mundo, el cura le deseó una larga vida.

Recordó la iglesia vacía, el altar en silencio, el rostro piadoso de Nuestra Señora de la Expectación. Le pareció que, cuando era pequeño, aquella imagen en el altar tenía otra claridad. Sus noventa años eran cortos en comparación con el tiempo que atesoraba aquella figura. ¿Podría la memoria servir para limpiar? Tantas veces acusada de sombra, ¿podría la memoria servir para aclarar? Nuestra Señora de la Expectación, embarazada de todo, madre de la esperanza.

Terminaron las palabras. Cuando el cura concluyó la homilía, una parte de las personas creyó que debía aplaudir, pero estaban en la iglesia, lugar de susurros y, por eso, aplaudieron bajito, reprimiendo el choque de las manos, casi solo el gesto. Pero el cura dio ejemplo, pueden aplaudir. El señor Rui sonrió en todas direcciones.

El eco de aquellos aplausos continuó, implícito en el silencio, por debajo de las demás palabras. Mientras resonaba la recitación del credo, como si estuviese siendo declamada por un ejército, Alice apretó el brazo de su marido, ancianos enamorados.

Cuando llegó el momento de la comunión, el coro empezó a cantar. El señor Rui tuvo que levantarse y, delante de su sitio, tuvo que quedarse de pie, agradeciendo las felicitaciones de las personas que, formando una fila en el pasillo central, lo querían saludar.

El olor de su whisky, después del café, las tazas de café vacías, frías, los restos de café secos pegados a las paredes interiores de la taza, el dibujo del camino que hizo hasta el borde, donde estaban los labios. Pero ahora el olor del whisky, agitado con cubitos de hielo durante silencios, pausas. Hay que pensar. Para encontrar las palabras justas, hay que pensar antes de proponer, y hay que pensar antes de responder para ser capaz de no decir nada, retrasar el sí o el no. En este caso, el no. Desde el principio supe que esa era la respuesta. Desde que mi João Manuel me contó que los hombres querían comer con nosotros.

Son grandes empresas, multinacionales, dominan el mundo. No hay una persona o una familia que pueda dominar empresas de ese tamaño. Son empresas más grandes que los humanos, han crecido, crecido, crecido hasta transformarse en estos monstruos. Cualquier contacto que venga de ahí llama la atención. Primero, nos preguntaron si estaríamos dispuestos a comer con ellos. Después, preguntaron cuándo sería oportuno. Hay que dar varios pasos para llegar hasta aquí.

Comprar todo lo que tenemos es comprar nuestra vida. Comprar la fábrica, los trabajadores, los clientes, comprar la marca, comprar el nombre, Delta, comprar los sacos de café almacenado y comprar los paquetes que están en este momento saliendo de la línea de montaje, uno, otro, otro, es comprar los años que hemos pasado perfeccionando cada detalle, es comprar las madrugadas, comprar los días lejos de casa, comprar el trabajo y el sueño, todo lo que he imaginado.

Tardan mucho en decir el número. El hombre empieza a decirlo y tenemos que esperar hasta entender aquella cantidad de ceros. Y estoy acostumbrado a trabajar con números, y esperaba un número parecido a este. Aun así, cuando el hombre empieza a decir esa cantidad, el mundo alrededor enmudece y el número tarda mucho en ser dicho, es como un tren que pasa. Estamos en un restaurante elegido, en un reservado donde pagamos por la privacidad. Tengo setenta y tantos años, tal vez setenta y tres o setenta y cuatro años. Tal vez tenga setenta y cuatro años.

Tengo cuatro años, soy un niño de cuatro años. Estamos en la habitación de nuestra casa, a poca distancia de la praça da República, al fondo de esta pequeña calle. El sonido de las campanas atraviesa las paredes de la casa y se mezcla con la voz susurrada de mi padre. Inmediatamente después, la respuesta también susurrada de mi madre, ya en el silencio de la noche. La respiración de mi hermano es profunda, se ha dormido en cuanto ha sentido el colchón. Mi hermana Cremilde todavía se mueve, sus piernas se deslizan por el tejido de las sábanas. Toco la espalda de mi padre con el hombro y toco el pecho de mi hermano António con las rodillas. Pertenezco a aquí, entre mi padre y mi hermano. Otras noches, si hace frío, me encajo en el regazo de mi madre, su piel es suave, madre suave. En esas noches, el olor de mi madre destaca entre nuestro aroma mezclado, lleno de padres e hijos, olor de familia.

Olor a su whisky, exhalado por el aliento, tras la oferta, millones. Quien no sepa lo que es un millón, que pruebe a contar hasta un millón. Mi João Manuel, en la mesa, evita mirarme, podríamos tener la tentación de expresar algo con esa mirada. Tras el número, necesitamos silencio, ni siquiera un *vale*, ni siquiera una reacción en un sentido u otro. Al final, dijeron lo que tenían que decir. Cuando llegue a casa se lo contaré a mi mujer, está esperando, la he dejado con la misma curiosidad que tenía yo mismo, le he explicado esa curiosidad, se la he contagiado. Es mucho dinero, mucho. No puedo evitar el contraste, me llegan imágenes del inicio, cuando fundé Delta, en 1961, o de mi tío Joaquim, siempre con sus negocios y sus inventos, o de mi padre, flotando en el pasado, en el verdadero inicio de todo.

Mi padre se duerme de golpe, inspira y, después, espira más largamente. Mi sueño es continuo, limpio, bien perfilado. Sin embargo, si me despierto un poco, en el interior de la noche o, tal vez, en el interior de mi somnolencia de tener cuatro años, descubriendo mis propias impresiones, sorprendido de ser yo mismo, siento el descanso de compartir esta habitación con mis padres y mis hermanos, estamos aquí, los unos con los otros. Incluso cuando mi madre se levanta de madrugada, es la primera, enseguida mi padre, incluso cuando se levantan mis hermanos y puedo quedarme un poco más, porque esa es mi vida, niño de cuatro años, sigo sintiendo ese descanso, está en los pliegues de las sábanas, está en el tacto, olor y temperatura de las sábanas. Ese descanso es, quizá, el recuerdo más claro de este tiempo. Con cuatro años, tengo dudas que no me inquietan.

No tengo dudas sobre mi respuesta, lo he sabido desde el principio. Vamos a ver lo que nos cuentan, le dije a mi hijo, pero él también sabía lo que voy a responder. Todo el mundo lo sabe, menos estos hombres. No se acaban el whisky, solo lo probaron, ardor en la garganta para amenizar la seriedad del momento. No les respondo ya, no sería correcto. También a partir de aquí, hay que dar varios pasos. En su momento, en el plazo debido, con todas las zalamerías del lenguaje comercial, recibirán respuesta. Hoy mismo, mi mujer sabrá la cifra que han ofrecido, se llevará las manos a la cabeza, no son números de este mundo. Esa admiración me agradará, ella sabrá que me agrada. Entonces, como siempre, me preguntará por qué me doy el trabajo de escucharlos, de provocar aquel desasosiego de ofertas, millones, si no tengo la más mínima intención de aceptar. Le sonreiré y esa reacción será suficiente.

Nos levantamos. Los hombres se abrochan un botón de la chaqueta, arrastran las sillas detrás de ellos. Nos damos un apretón de manos cordial. Y recibo la cuenta, no los dejo pagar, los invito a comer.

A la puerta de la iglesia matriz, acompañado por su mujer, el señor Rui recibía felicitaciones por todos lados, estaba rodeado de gente. También los hijos y nietos charlaban, dispersos por el lugar, ayudaban a atender a tanta gente. ¿Se acuerda de mí? El señor Rui no respondía enseguida. Incluso cuando se acordaba bien, dejaba que las personas se presentasen, dejaba que dijesen quiénes eran. Todas las personas son alguien.

Aquella multitud parecía el mundo entero. Las campanas tocaban sobre el conjunto de personas y su animación, era un domingo luminoso, sol agradable, las campanas no paraban. Noventa años, se oía decir en medio del bullicio. ¿Se acuerda de mí? Había mucha gente que quería darle las gracias al señor Rui, le daban las gracias por asuntos concretos, por su hijo, por ellos mismos, pero también por Campo Maior. Lo que ha hecho por nuestra tierra, repetían esta expresión. El señor Rui les daba las gracias a las personas que le daban las gracias.

3

La casa estaba contenta, se notaba por la manera como los objetos observaban a la familia. En sus estantes, los objetos eran ojos antiguos encantados con aquella reunión. El señor Rui y su mujer estaban rodeados de un buen humor especial. También el domingo ayudaba a esa geometría, el tiempo del domingo, sus horas y minutos especialmente amplios, sonrisas olvidadas en el rostro. Eran hijos y nietos, algunos sostenían un vaso por deporte, les quedaba bien, otros tenían las manos en los bolsillos, otros las dejaban volar frente al pecho, gesticulaban. Alice se agobiaba, les pedía que se sentasen, señalaba sillas, sofás, e iba de una conversación a otra, acompañada por las nueras, querían ayudarla, eran como un velo que flotaba a su paso. Alice estaba ocupada con la confirmación de ciertos detalles de la comida. Las empleadas se dedicaban a tareas corrientes, no sabían entender los pensamientos invisibles de la señora. Observando a su mujer a distancia, alegrándose con el entusiasmo que le veía, el señor Rui consiguió quedarse solo en un lateral del salón. Se acordó de la guerra civil española. Y se fijó en sus bisnietos, estaban divididos por edades: los pequeños y los mayorcitos. Unos y otros tenían sus propósitos, se lanzaban en sus demandas entre los adultos repartidos por el salón, de pie sobre la alfombra, organizados en grupos volátiles: todas las combinaciones posibles de nietos, hijos y nueras. El señor Rui disfrutaba de este momento de sus noventa años, el número aún le impresionaba, tendría que acostumbrarse, como le pasó con los ochenta, los setenta. Se acordó de cuando tenía cincuenta años, sorprendido por tener cincuenta años, y creerse viejo, ingenuo. Se acordó de la guerra civil española, otra vez, esas palabras pronunciadas por su tío Joaquim.

Mi tío Joaquim pronuncia las palabras «guerra civil española» como si fuesen una sola, como si no se pudieran separar. Tengo siete años y ya he oído hablar muchas veces de España, pero no entiendo del todo esa idea. Sé que algunas personas van allí, sé que mi tío va para allá, sé que es un sitio como aquí es un sitio, pero no tengo la idea exacta de la forma que tienen las cosas por allí. Mi tío me explica la guerra civil española con ejemplos portugueses, Campo Maior y Portalegre, por ejemplo, Lisboa y Évora, vecinos desavenidos, hasta familias divididas, hermanos queriéndose matar unos a otros. ¿Será realmente así? Oigo a mi tío, tengo la boca abierta, los ojos fuera de órbita. Toda esa información me asombra, me parece increíble. No puedo imaginarme el odio que los españoles tienen los unos por los otros, pero puedo imaginarme su desesperación.

La conversación ha empezado porque le he contado a mi tío una parte de lo que he visto. Estaba con mi hermano António. Después de cenar, nos hemos ido a nuestra habitación. No tengo que darle más explicaciones a mi tío. Él sabe que antes dormíamos todos juntos, la familia entera, pero mis hermanas estaban creciendo, todos estábamos creciendo y, a la distancia de un par de casas más arriba, mi padre consiguió más espacio, una habitación. Por eso, todas las noches, después de cenar, mi hermano António y yo salimos de casa para dirigirnos a nuestra habitación. Fue en ese momento, al poner un pie en la calle, cuando empezamos a oír los gritos. Mi hermano, hombrecito de catorce años, quiso asomarse a la plaza, ver lo que estaba pasando. Dimos media docena de pasos hasta la esquina. Mi hermano, que sabe mucho, casi todo, comprendió enseguida lo que era.

Eran españoles dando gritos en el puesto de la policía. No llego a describir a mi tío el horror de aquellos gritos, nacían del fondo de la garganta y destrozaban los nervios a su paso. Eran gritos que atravesaban el ladrillo grueso y antiguo, las paredes del puesto de policía y, a través de la noche, atravesaban mis ojos asustados, mi comprensión y mi incomprensión. Había muchas cosas terribles que yo desconocía. Descubrí algunas allí, en el interior de aquellos gritos, un miedo que no podía soportar. Con el mismo pánico, a pesar de la edad y la sabiduría, mi hermano me tiró del brazo y huimos de los gritos, subimos la calle, entramos en la habitación e, incluso cuando terminaron, en el silencio, seguimos escuchando aquellos gritos.

No tengo que describirle aquella impresión a mi tío Joaquim, él sabe entenderlo, así son los hombres. Estamos a la puerta de su casa, sentados en el poyo. A veces, pasa gente que le da las buenas tardes aunque esté a punto de anochecer, él responde siempre con el doble de amabilidad. Y sigue con la explicación, mi tío baja la voz para pronunciar las palabras «guerra civil española». Son españoles que intentaban huir de España, me cuenta. Eran españoles que intentaban huir de la guerra, pero que fueron cogidos por la policía y, por eso, los iban a entregar a quienes los iban a matar. Esa era la agonía de sus gritos.

Todavía tengo miedo, pero es casi la hora de cenar. Mi tío Joaquim cambia de tema, me hace una pregunta sobre la escuela, quiere saber si me gusta la escuela. Él ya sabe la respuesta pero, aun así, no me interrumpe. Y llega aquella línea del atardecer en que, si cae un segundo para el lado de allá, se hace de noche. Prefiero evitar que mi madre se enfade conmigo, que me riña. Me levanto para volver a casa. Mi tío también se levanta, dice que me quiere acompañar.

El señor Rui se giró hacia su tío Joaquim, estaba parado en el salón, a poca distancia de João Manuel, ¿conseguiría reconocer a su sobrino nieto? Seguro que sí, en el rostro del hijo del señor Rui había aún mucho del rostro que había conocido el tío Joaquim. Pero esa no era la duda principal en aquel momento. Tantos años después de haberse despedido, el tío Joaquim estaba allí, en el salón de su sobrino Rui, rodeado por toda la familia. Sin mirar hacia él, continuaban conviviendo: nietos, hermanos o primos unos de otros, seguían bromeando; las nueras ayudaban a la mujer del señor Rui, o participaban en conversaciones sueltas, los niños estaban imperturbables en su mundo; los hijos Helena y João Manuel mantenían la compostura. Dando pequeños pasos silenciosos sobre la alfombra, el tío Joaquim giraba la cabeza sobre el cuello y los observaba a todos. Después, dirigía su atención al sobrino, que seguía mirándolo.

Se quedaron así hasta que el tío Joaquim se desvaneció en la claridad.

De repente, sin que el señor Rui viese de dónde venían, su hijo y su nieto Rui Miguel se acercaron con un paquete grande, cada uno lo cogía por un lado. Parecía no pesar, pero era grande, captaba la atención de todos. Por eso, llevaban también una súbita agitación. Sincronizaron movimientos y dejaron la caja con cuidado, organizaron a la familia que los acompañaba y le fueron dando un beso al cumpleañero, por orden, desde el más mayor al más pequeño: del hijo João Manuel hasta los bisnietos, hijos de Rui Miguel. Felicidades, abuelo. Y todo el mundo quería saber qué había dentro de una caja de aquel tamaño, pero no le faltaba la paciencia al señor Rui, sabía que la espera también formaba parte del regalo. Rodeado de tantas atenciones, el señor Rui se emocionó, casi consiguió disimularlo. Y empezó a abrir el paquete. Los nietos no entendían por qué no rompía el papel de una vez, pero el señor Rui no entraba en esas polémicas, tenía noventa años.

Finalmente, levantó la tapa de la caja y reveló el regalo. Era consideración. El regalo era el cariño de su hijo, de Amélia, mujer de su hijo, de su nieto y su mujer, de los niños, que ya querían ser grandes y a los que, como el señor Rui ya sabía, les faltaba poco para serlo. El regalo era aquella compañía infinita, bienquerencia permanente, aquella seguridad que llegaba desde un tiempo anterior a todos ellos, ancestral. El regalo era el manantial, pero también era el camino, la distancia que recorrían aún, todos los días, todos los días, la distancia que avanzaba en el interior del nombre. El señor Rui volvió a abrazarlos, disfrutó cerrando los ojos durante esos abrazos.

Tras su padre y su hermano, Rita le dio su regalo. Después, Helena, Marcos e Ivan, chicos ya casados, también le dieron los suyos. En cada uno de ellos había la misma expectación, el mismo bullicio. Parecía que todos tenían la edad de los bisnietos. Y realmente todos ellos, ya padres y abuelos, habían tenido la edad de aquellos niños. El señor Rui y su mujer se acordaban bien de cada uno de ellos con la edad de aquellos niños.

A pesar de aquella curiosidad exagerada, todos hicieron el mismo regalo. Todos le dieron la misma consideración, amistad absoluta, el cariño más íntimo, desde la raíz más profunda, desde la existencia.

Alice lo estaba viendo todo, consciente, lúcida, mujer, madre, abuela, bisabuela. En aquel instante, aquella vez, fue ella la que se acercó al señor Rui y le dio el brazo, fue ella la que lo ayudó. Vamos a la mesa, ordenó con sus modos gentiles. Y todos se organizaron en un movimiento conjunto, en un flujo. Era un domingo de sol, iluminado hasta los rincones más yermos. El señor Rui tenía noventa años y, del mismo modo, todos tenían una edad. Ante el tiempo, como ante el universo, aquel era un domingo que no se podría olvidar. Les esperaba la mesa, puesta con primor, todos los sitios, mesa llena y perfecta.

4

En todo momento, con noventa años, el señor Rui sabía que, allí fuera, estaba Campo Maior. Pasaban coches ocasionales por los adoquines de granito de la avenida Calouste Gulbenkian y, de vez en cuando, se veía a gente por las aceras. Las viudas se cansaban de los programas de televisión del domingo y, solas en casa, vigilaban la calle por el postigo, acechaban sospechas. Visto desde las murallas del castillo, el pueblo era al mismo tiempo sólido e inmaterial, compuesto por ladrillos, cal, tejas y memoria: todo lo que cada campomaiorense podía rememorar y, también, un recuerdo todavía más profundo, la condensación translúcida de todo lo que los antiguos habían presenciado y recordado, un secreto para siempre. Desde lo alto, tras la última casa, los montes al fondo eran ya España y, más allá todavía, las escalas en el color del cielo hasta el horizonte. En todo momento, con diez años, sé que allí fuera está Campo Maior. La praça da República está llena a esta hora del domingo, mujeres con sus hijas, hombres comentando alguna historia del pueblo, peinados, afeitados, las mejores ropas posibles. Y pasa un borracho tambaleándose, yendo o viniendo de la taberna, pronto ha empezado. Algunos chavales de mi edad han llegado a la plaza, están comidos, tienen cuerdas y peonzas, las tiran en los escalones de la picota, no temen la punta de hierro en la piedra, no temen a las chispas, son maestros de la picada. Son chavales de diez años, como yo. Tengo diez años. Campo Maior está aquí, sobre nuestra mesa, en la mirada de mi padre, de mi madre, en sus palabras y pensamientos. Si mis hermanas o mi hermano António parten un trozo de pan, es Campo Maior quien parte un trozo de pan. El señor Rui tenía noventa años, partió un trozo de pan y se lo llevó a la boca. Campo Maior existía allí, sobre su mesa, entre los suyos. Reconocía Campo Maior en cualquier palabra dicha por sus nietos, Marcos o Rui Manuel, Rita o Ivan, no importaba las vueltas que hubieran dado al mundo, los aviones que hubieran cogido, la distancia a la que estuviesen o llegasen a estar; también su hijo y su hija, claro; y hasta los bisnietos, niños de una edad que, aunque pocos lo pudiesen imaginar, él mismo ya había tenido. Los bisnietos sentados a la mesa, comportamiento razonable: unos la tenían a la altura del pecho, otros levantaban la barbilla para ver el plato, otros se acurrucaban en el regazo de sus madres, el mejor asiento que encontrarán en toda su vida. Tengo diez años, ya soy mayor, no quiero más regazo, creo que no quiero más regazo, mi madre por fin ha empezado a comer. Mientras todos se acaban lo que tienen en el plato, mi madre ha terminado de servirse. Es comida de domingo, carne de matanza, huesos bien limpios, esculpidos con los dientes de delante, la grasa chupada de la yema de los dedos. Mi madre me pone una costilla más en el plato, pone un trozo de tocino frito en el plato de mi hermana Clarisse.

Campo Maior es la seguridad de que estamos juntos. Atravesamos el tiempo, como Campo Maior atraviesa el tiempo. Nuestras vidas son comparables a estas calles, más largas o más cortas, más planas o más empinadas, enredadas, formando parte de un único camino, con la misma pertenencia. Vivimos en Campo Maior del mismo modo que Campo Maior vive en nosotros.

Tengo diez años y, por eso, conozco todo el pueblo. Mientras estamos aquí, hay personas subiendo y bajando cuestas antiguas, hay carros pasando por calles amplias, hombres que llevan reatas, hay automóviles circulando, algunos, el brillo cromado de las llantas, pero ninguno es el coche del señor porque hoy, ahora, mi padre tiene derecho a estar aquí. Lo recordaré. No tengo duda de que lo recordaré. Se acordó de su padre, la mesa de la comida del domingo. Alice miraba muchas veces a su marido, lo acompañaba, lo entendía. Las empleadas trajeron los platos de postre, colocaron los cubiertos delante de los comensales, cuchara pequeña y tenedor pequeño. Fuera pasaban coches ocasionales por los adoquines de granito de la avenida Calouste Gulbenkian, ninguno era el automóvil del señor, conducido por el padre del señor Rui. Sentía la mirada de su mujer, pero mantuvo la cara en otra dirección, siguió a quien estaba hablando, hasta el momento elegido para cruzar la mirada con su mujer. Sí, se entendían. Llegó el postre y, de repente, los niños centraron su atención. Primero el abuelo, dijo uno de los nietos, con el que todos estuvieron de acuerdo. Pero el señor Rui quiso que sirviesen a los pequeños en primer lugar.

Mi padre me dio una porción de la manzana que acababa de pelar, ejecutó esa acción con la navaja, enorme paciencia. A mis hermanas también les dio manzana. Mi hermano António no se fijó en ese reparto, debe de tener otros temas en la cabeza, tal vez se imagine a alguna de las mozas que, a esta hora, ya habrán llegado a la plaza, vienen al paseo del domingo, bien preparadas. Mi madre deja los cubiertos sobre el plato vacío, hace el gesto de levantarse, pero mi padre la coge por la muñeca, quiere que estemos juntos un poco más. Hay un silencio del bueno, la compañía y la importancia de unos para los otros. Incentivado por el domingo, empiezo a decir algo, tal vez una historia de la escuela, no importa el asunto, esta vez no importa el asunto, cuenta mucho más que en este instante estamos juntos, tengo la atención de mi padre, de mi madre, de mis hermanas y mi hermano. Me miran y me escuchan, están concentrados en cada palabra que digo. Estamos juntos. Sin dejar de hablar, contento y niño, bajo la mirada sobre mis manos de diez años.

Cuando el señor Rui levantó la mirada de sus manos de noventa años, la piel arrugada y las venas en el dorso de las manos, tenía a todos delante: hijos, nietos, nueras, bisnietos. Y a su padre, madre, hermanas y hermano. Como un milagro. Los hijos, nietos, nueras y bisnietos estaban sentados a la mesa, atentos, concentrados en cada palabra que el señor Rui pronunciaba. Su padre, madre, hermanas y hermano estaban detrás, de pie, a poca distancia, sorprendidos con su situación, los ojos llenos de dudas. El señor Rui remató lo que decía, algo, tal vez alguna historia de la fábrica, no importa el asunto, esta vez no importa el asunto. Enseguida, uno de los nietos dio continuidad a las palabras de su abuelo, mantuvo la fluidez del discurso. El señor Rui dejó de oír a ese nieto cuando empezó a escuchar a su padre, a su madre y a sus hermanos. Su presencia los tranquilizaba, miraban a su hijo y hermano Rui en busca de respuestas, pero él no podía protegerlos completamente del miedo, tal vez no existiesen ciertas respuestas. Los padres y hermanos del señor Rui no oían la mesa de hijos y nietos, del mismo modo que estos no los oían a ellos, estaban en silencios diferentes. El señor Rui estaba entre los dos, era la conexión que los unía, el señor Rui era como un hilo, una línea. Las palabras que había empezado, que había seguido su nieto, continuaban ya en la voz de otro nieto, eran un río frágil, un curso de agua que rodeaba obstáculos y proseguía. Sus padres y hermanos miraban aquella gran mesa de descendientes, pero a ellos no los veían. Solo el señor Rui los veía y los oía en su pensamiento. Era también ahí donde lo oían sus padres y hermanos. Fue en el pensamiento donde tuvieron conocimiento de quién era cada uno de los que estaban en la mesa. No necesitaron explicaciones, lo entendieron a partir de lo que sabía el señor Rui. Y los tíos abuelos eran mucho más jóvenes que sus propios sobrinos nietos, tenían edad para ser hijos de sus sobrinos bisnietos. El señor Rui miraba a sus padres y los veía más jóvenes que a sus hijos. En cada uno estaban todos los demás. Como un resplandor, en un momento, de una vez, con repentino, profundo y absoluto sentido, el señor Rui comprendió que había estado en todos esos puntos, había tenido todas esas edades, había sido cada uno de ellos. Con la misma seguridad aplastante, comprendió que, a través de él, conversaban los unos con los otros: a lo largo de los años, cuando le decía algo a su hijo, a su hija, a los nietos o bisnietos, llevaba a su padre y a su madre en aquello que decía, llevaba a sus hermanos, António, Cremilde y Clarisse; igualmente, cuando hablaba con sus padres y hermanos, en todas las incontables veces que hablaron, llevaba ya a sus hijos y a toda su futura descendencia. En cada uno estaban todos los demás. Pero la ropa de sus hermanas, vestidos de tela gruesa, los pantalones de su padre y de su hermano António, ásperos, hacían que les picasen las piernas, el delantal de su madre. Se acordó del tacto de esa tela, gris, pobre y, sin embargo, capricho de domingo, tejido almidonado por la plancha de brasas, fuerza firme de la madre. La ropa, todo el aspecto de sus padres y hermanos pedían una comparación con la ropa y el aspecto de los hijos y nietos sentados a la mesa. Como si estuviesen cubiertos por una sombra, a pesar del sol que iluminaba el salón, ellos mismos reparaban en la diferencia. Y se sobresaltaron con la entrada de las empleadas, traían bandejas con tazas. El padre dio un salto silencioso, las hermanas se agarraron a la madre para quitarse del camino de aquellas dos mujeres. Indiferentes a los asistentes invisibles que las vigilaban, las empleadas sirvieron café a los adultos de la mesa. Y salieron, dejando solo el olor, tibio bienestar. El padre del señor Rui sintió aquel olor, pero no dijo nada. La madre, las hermanas y el hermano del señor Rui sintieron aquel olor, pero no dijeron nada. Tenían modos diferentes. Estaban allí, pero eran de otro tiempo. Queridos padre, madre, Cremilde, António, hermano mío, querida Clarisse. Todavía les quedaba tanto por pasar. El señor Rui los miraba y recordaba el sufrimiento que había presenciado en cada uno, todavía les quedaba tanto por pasar: cada uno ante un abismo, solos ante una inmensa oscuridad. Era el domingo de sus noventa años. En aquel momento, el señor Rui comprendía con toda seguridad que estaban allí, los tenía allí una vez más, el rostro de su madre, todavía joven, su padre, cada segundo precioso, su hermano, su hermano António con aquella edad, sus hermanas, las hermanas juntas. Al mismo tiempo, sabía que iba a perderlos. Ya los había perdido, conocía ese dolor, y sabía que era inevitable volver a perderlos. Pero estaban allí. En aquel momento, estaban allí. Mientras los hijos, las nueras, los nietos sostenían las tazas de café, el señor Rui se dio cuenta de que la luz empezaba a desgastar a sus padres y hermanos, rasgos transparentes, atravesados por la claridad. Madre, poder dirigirme a usted, alivio de la asfixia de no encontrarla en el mundo, pena de que nadie tenga ese rostro, esa paz, cariño infinito; padre, no se preocupe, seré su modesto orgullo, su hijo completo; Clarisse, nuestra niña, no tengas miedo, dame la mano; Cremilde, pequeña madre, cuidándonos a todos, lo siento mucho por ti; António, busco tu amistad en todo lo que hago, todavía necesito ser hermano. Pero la luz era irreversible, imparable, avanzaba, avanzaba. Al fin, se notaba que tenía ese sentido desde siempre, camino en constante progreso desde el primer principio. La luz se transformaba en aire o tal vez el aire se transformase en luz, se mezclaban con el tiempo. Era así como la luz atravesaba a los hermanos del señor Rui: las niñas mirándolo, apenadas, y su hermano António, haciéndose el fuerte, pero también él cada vez más translúcido, las imágenes que estaban detrás, decoración, visibles a través de él. A la mesa, todos los hijos del señor Rui, todas las gradaciones de hijos del señor Rui, con el café terminado, solo las conversaciones, la animación de aquel día. Las nueras, mujeres de los nietos, dejaron a los niños levantarse de la mesa. Ansiaban esa libertad, salieron con ganas de correr. Tanto los adultos como los niños siguieron sin fijarse en los que estaban de pie, cada vez más tenues, diluidos en la claridad. El señor Rui miró a su padre, lo vio y, en esos últimos instantes, se despidió en silencio, padre. También su madre, el rostro de su madre todavía allí, la realidad de aquella presencia, y su nombre pronunciado por su madre, mi Rui; sí, madre, soy su Rui. Y también su hermano, sus hermanas desaparecieron en la luz.

Aquel dolor. Alice miraba fijamente a su marido. Entre la existencia sonora de la mesa llena de gente, cuando el señor Rui cruzó su mirada con la de su mujer, entendió inmediatamente que ella también lo había visto todo. Estaban juntos desde siempre y para siempre. A distancia, fue como si la mujer del señor Rui estuviese a su lado. Y duró un momento: de repente, estoy con mi mujer en una clase de la escuela, el profesor y los compañeros no se extrañan por nuestra presencia. Discretamente, solo nosotros nos sorprendemos por ser un hombre y una mujer entre niños, yo con noventa, ella con ochenta y nueve años. Y, sin embargo, no nos cuesta doblar las rodillas en estos pupitres. Estamos en la misma clase porque tenemos un profesor moderno, que no diferencia entre niños y niñas. Ese profesor habla y, a veces, escribe palabras o números en la pizarra. Nos gusta verlo de nuevo pero, sobre todo, nos gusta este descanso, tanto mundo por concretizarse, la serenidad de una tarde anónima en el calendario y, aun así, tan concreta, presente.

Sus hijos João António y Helena, los nietos, las nueras, mujeres que se unieron a la familia, que eligieron participar en aquella mesa, y los bisnietos, corriendo, niños en algún sitio, ajenos a cualquier cosa que no fuesen sus asuntos. El señor Rui los observó allí, juntos en su cumpleaños. Ya estaban algo impacientes, demasiado tiempo sentados a la mesa, trajes apretando articulaciones, vestidos que agradecían la posición vertical. En aquel momento, la mujer del señor Rui acaparó la atención de todos, quería decir unas palabras. Se hizo un silencio total, porque no era costumbre. Su madre, abuela, bisabuela Alice tenía algo importante que decir. Entonces, muy seria, les pidió a todos que no lo olvidaran. Les pidió que mirasen aquella vida, noventa años, y no lo olvidaran. Después, dijo que ya eran noventa años, noventa, le convendría pensar en descansar un poco. En este punto, cuando todos sonrieron, caricia de hijos, Alice se levantó, apartó su silla y empezó a caminar hacia su marido. El señor Rui, en cuanto identificó su intención, se levantó también y fue hacia ella. Se cruzaron en medio del trayecto, más o menos. Sus hijos, nietos y bisnietos presenciaron aquel cariño.

El cumpleañero fue conducido por Alice hasta la cocina, saludó a las personas que habían hecho la comida, contratadas con esmero y buen gusto por Amélia, nuera, mujer de João Manuel. Al volver, encontraron a todo el mundo en pie. Alice le dio las gracias a Amélia, le dio las dos manos para fortalecer ese gesto. El señor Rui lo oyó, estaba justamente al lado, puso la mano sobre el brazo de su nuera, y fue Amélia quien agradeció a su suegro la consideración.

El señor Rui iba a ponerse la chaqueta. Se acordó de los alrededores de Luanda. Es la hora, dijo uno de los nietos, tal vez Rita, la nieta. Los coches estaban fuera, dispuestos a avanzar por los adoquines de la avenida Calouste Gulbenkian, por el pueblo de Campo Maior en aquel domingo, columna de automóviles en dirección al sitio donde los estaban esperando.

5

Los alrededores de Luanda están nublados. El mundo está cubierto por un cielo esculpido, relieve de piedra que se extiende en la distancia y oscurece la tierra, oscurece el castaño rojizo. También los matojos de la cuneta de la carretera son más pardos, también las chozas, también los perros solos o en grupo, animales sin destino, olisqueando cualquier posibilidad de alimento. No hace frío, llevamos las ventanillas del coche abiertas porque queremos que nos dé el aire, tenemos las camisas desabotonadas hasta la mitad del pecho. El hombre de la empresa de exportación de café tiene un apellido común, llega a ser demasiado portugués. Suelta las manos del volante para gesticular sus bravuconadas, todo son chistes, suda, sabe cosas sobre Angola, dice que ha visto muchas historias, habla de los blancos que salieron aterrorizados, habla de cualquier tema que le pase por la cabeza. Voy a su lado en silencio, me fijo en los sonidos del motor cuando pisa el embrague y cambia de marcha. Oigo sus teorías, lo dejo hablar.

Esta vez, estoy en Angola desde hace varios meses, negocio de mucha monta. A la gente le da miedo 1975. Todos estaban saliendo de aquí y yo viniendo para acá. Conozco bien el camino entre Lisboa y Luanda. Antes, hace casi diez años, tuve que verlo con la claridad de mis ojos, tuve que saber si estaba equivocado. No podía depender de los comisionistas, que contestaban a todas las preguntas según les convenía. No es la distancia la que impide a las personas ir a los sitios, es la cabeza.

Este hombre habla, tiene un hilo de plata pegado al pecho y, de repente, el choque. El chico aparece delante del automóvil, su cuerpo está todo hecho de brazos y piernas. Tras el ruido de la chapa, está el lío de brazos y piernas, el cuerpo enroscado deslizándose por el capó y el parabrisas, el freno a fondo. Cuando el coche se detiene, el silencio es terrible, dura un segundo. El hombre está aterrorizado, no quiere oírme cuando le digo que vayamos a ver, pero abro la puerta, no lo espero. El chico está caído al fondo. Empiezo a andar, pasos seguidos y uniformes. No sé qué edad tiene, este chaval es un niño, no se mueve. El hombre de la empresa de exportación está a medio camino entre el cuerpo caído y el automóvil, mal aparcado. Hay otros niños, el espanto de otros niños, hay chozas en el paisaje, algunas casi pegadas a la carretera, hay árboles gastados, hay gallinas y pollitos. El hombre me dice que nos vayamos, dice que nos van a matar. Le respondo que no nos vamos.

Algunas mujeres llegan ya dando aullidos, dimensionan la tragedia, un niño tumbado en la carretera, inmóvil, cada vez más gente alrededor, todo el mundo quiere participar en el acontecimiento. Llegan sombras corriendo desde las chabolas, ocupan toda la distancia, saltan en las ondulaciones de la tierra. Sintiendo todas las miradas que nos rodean, en pánico, el hombre me susurra al oído que nos vayamos, van a matarnos, van a matarnos. Le digo que no: no nos vamos y no, no nos van a matar.

Rodeado por miradas y voces, el señor Rui reparaba en los que faltaban, los que se habían quedado por el camino. Había un cansancio que le dolía en ciertos puntos de su fisonomía. Del mismo modo que se había acostumbrado a todos los que habían muerto, se había acostumbrado a esas heridas. Tal como hubo un día en que recibió la noticia de la muerte de un amigo, de un familiar, de alguien con quien había crecido, cada uno de esos dolores apareció en un día específico. Sobrevivir es acostumbrarse. Pero hay momentos en los que, por cualquier motivo, las molestias aparecen, dejan de poder ser ignoradas. Rodeado por tanta gente, el señor Rui constató con claridad que ser el más mayor es presenciar la muerte de todos aquellos con los que fue creciendo.

En cuanto salió del automóvil, delante del Centro de Ciencia del Café, ya lo estaban esperando, querían ser los primeros. Se vieron obligados a esperar un poco más, el señor Rui tuvo que ayudar a su mujer. Después empezó a aceptar las felicitaciones, muchas gracias. Los nietos aparcaron sus coches y, desde diferentes posiciones, también ellos se sumaron a la multitud, eran embajadores del cumpleañero. A veces, el señor Rui necesitaba una pausa para explicarle a su mujer quién estaba hablando con ellos, Alice no tenía el mismo grado de convivencia con todos. La mayoría eran trabajadores, ahora se usaba la palabra «colaboradores». El señor Rui los recordaba de épocas diferentes, con otros peinados. Muchos eran clientes venidos de diferentes lugares, portugueses o españoles, decenas o centenas de kilómetros a un lado u otro de la frontera, gente con quien había establecido una relación, una palabra, un grado de confianza. Algunos habían traído a sus familias, todos querían estar allí. Todavía en la calle, bajo aquella claridad de marzo, el señor Rui avanzaba con su mujer hacia la puerta del Centro de Ciencia del Café. Poco a poco, entre un grupo de personas y el siguiente, era objeto de felicitaciones y de recuerdos fortuitos, inesperados, surtido de edades y lugares. El señor Rui sonreía exactamente como si no hiciese más que sonreír, esa levedad, pero llevaba también la constatación del tiempo, los tales noventa años. Y le explicó a su mujer quién era el abuelo de aquel hombre. Se acordó de los tres empleados. Delta todavía no era Delta, solo faltaban los papeles, 1961.

Están atareados, sin parar, hay mucho que hacer. En el ultramarinos, uno de los empleados deja de ordenar cajas cuando entran los clientes. Sobre el mostrador, echa cuentas en una esquina del papel de envolver, les da el cambio y vuelve a la ordenación, en el suelo o encima de la escalera. Los otros dos empleados están conmigo en la nave, será aquí donde tostemos el café. Mi hermano António no está contento, dice que voy a hacerle la competencia a la familia. Tranquilo, hay espacio para todos. Entre familia, no existe la competencia. Van a ser dos cabezas tirando hacia el mismo lado, cada una con su trillo. Necesito amplitud, no quiero tener que pedir permiso para dar un paso y permiso para otro más, las cosas así no funcionan. En la primera conversación que tuve con cada uno de los tres empleados, a ninguno le extrañó la oferta, no tuvieron dudas. Les ofrecí trabajo y, a pesar de la diferencia de edades, entendieron de qué se trataba, aceptaron rápido. Nos conocimos en la frontera, están jubilados de agentes de aduana. Y tienen buenos brazos. A estos hombres de casi setenta años, más del doble de mi edad, no les dan miedo las responsabilidades. A veces, parece que somos de la misma camada.

Desde que empieza la jornada, no dejan de trabajar. Todos los días, a la hora de comer, llega la hija de uno de ellos con las viandas y con su hijo pequeño. El abuelo aprovecha para hacerle unas caricias, orgulloso de este muchachito que se ríe a carcajadas. Corre como un muñeco de cuerda, no debe de tener más de dos años. Nos reímos con la risa del niño.

Alice ha entendido la explicación, aquel hombre era el nieto de uno de los viejos que trabajaron en los comienzos de Delta, era nieto de uno de los tres, no llegó a entender de cuál. Sí, señor, mucho gusto, dijo la mujer del señor Rui y, discretamente, tiró de su marido. Si querían alcanzar el Centro de Ciencia del Café, llegar bajo cubierto, no podían pararse a cada instante.

Lo lograron, cruzaron la puerta y se vieron envueltos por el eco de cientos de voces. Aquella multitud impresionaba. Había mucha más gente dentro que en la calle, hombres y mujeres con la indumentaria completa. Con noventa años, el señor Rui estaba rodeado por su vida.

Ya puedo ver el buque partiendo, el momento en que empieza a alejarse del puerto, toneladas y toneladas de acero, algunas toneladas también de café, la tripulación. Me quedaré viéndolo alejarse junto a compañeros angoleños que, sin éxito, intentarán imaginarse Lisboa. Durante días y noches de océano, este gigante flotando lento, seguro. Entonces, me dirigiré al aeropuerto de Luanda con la maleta y todo lo que pueda recordar, la memoria también pesa. Subiré las escaleras del avión y, entre humo de cigarros y tazas de café malo, con el paisaje redondo de la ventana sobre las nubes o sobre el mundo, enorme y pequeño, allá abajo, con el zumbido constante del avión, llegaré a Lisboa. Entonces, al otro lado de este mar, estaré cuando llegue el buque, este buque y, sin embargo, ya otro, transformado por el viaje: reencuentro de viejos amigos.

Pero eso será después. Ahora, todavía estoy aquí, en el interior de estos meses en Luanda, con algunas visitas rápidas a la provincia de Cuanza Sur, que no serán suficientes para quitarme las ganas. Aquí, al lado de este buque, como al lado de un edificio altísimo, tras haber estado en su interior, tengo una idea completa del proyecto: no solo lo que he pagado, cincuenta por ciento anticipado a los armadores griegos del barco, la mano de obra del tueste y de la carga, sino también el futuro que aquí nace.

La burocracia es un idioma sin nación, extranjero para todo el mundo, nadie nace sabiéndola, siempre hace falta aprenderla, estudiar su gramática. Por eso, no ha sido suficiente montar una pequeña fábrica, no ha sido suficiente negociar el café, entender de café, negociar el puerto, las grúas y el barco, aceite y salitre pegado a las paredes de acero pintado, no ha sido suficiente negociar con los hombres, sudor escurriendo por la espalda, también ha sido necesario descifrar la burocracia. Por eso, cumpliendo decretos, he tenido que montar la dicha pequeña fábrica. Cada uno de estos granos de café solo tiene autorización para dejar el país a medio tostar. He hecho lo obligatorio y lo necesario.

Todos estaban saliendo de aquí y yo viniendo para acá. No me da miedo hablar con nadie, como tampoco tengo miedo de 1975. He llegado a las chabolas y me he encontrado con hombres que querían trabajar, que me agarraban por todos lados, patrón, patrón. Después de cruzar los ojos, he acordado hora y sitio con una gran parte de ellos.

Somos personas. He estado en las chabolas siempre que ha sido necesario, así se ha llenado este buque de café. Por eso no he pensado nunca en marcharme. Somos personas. Nadie me ha hecho nada malo en las chabolas. El otro imploraba que nos marchásemos, que huyésemos, pero nunca pensé en marcharme. En vez de eso, intenté ayudar a resolver la situación, sin contar con lo que no podrá nunca ser remediado, un niño que habría sido un hombre, una vida completa sobre la cual quizá se pudiese escribir un libro.

No necesitaba levantar la mirada, prescindía de aquella franqueza. Si lo hiciera, encontraría el techo, construcción competente, buenos acabados, y no el cielo que recordaba: imagen grandiosa de las noches del pasado, sobre todos los asombros, negro de luna nueva. Hasta sin mirar, creía que podía identificar la localización precisa de la estrella. Podría desentrañar las vueltas que ha dado desde que entró en el Centro de Ciencia del Café, entre felicitaciones, y podría señalar la estrella. Había conservado esa antigua lección de su tío, nada podría borrarla. Era un mapa permanente, estaba allí hasta cuando no la podía ver, o porque brillaba la luz del día, o porque un techo como aquel la tapaba. La estrella que le señaló su tío estaba en aquella posición el día antes de que naciera el señor Rui, en 1931, cuando todo se preparaba para suceder, los años, las elecciones y acontecimientos, como una avalancha a punto de comenzar. Del mismo modo, la estrella estaría allí al día siguiente a su fallecimiento, centinela sobre el mundo, las calles de Campo Maior habitadas por un nuevo silencio.

Tuvo que cambiar de tema. Se acordó de Mário Soares. Cuando todo el mundo se giró hacia el estrado y su hijo João Manuel empezó su discurso, el señor Rui tuvo ocasión de mirar a la platea que tenía frente a él y pensar. Con las manos juntas en la frente, serio, echaba los ojos a volar sobre la multitud, a veces los dejaba fijarse en alguien, elegía un rostro. De cada una de aquellas personas habían surgido consecuencias. Cogía algunas palabras del discurso de su hijo, ambición, gratitud, mi padre, familia, pero aprovechaba aquellos minutos para tranquilizarse. Era una casa entera llena de gente, una representación de noventa años, todos los días, caras sin fecha, generaciones de trabajadores, de personas que iba encontrando, generaciones de clientes. Ante el micrófono, João Manuel sabía redondear el discurso. Los aplausos fueron merecidos. El padre y el hijo se abrazaron delante de todo el mundo, como dos hombres.

Llegó su turno. El señor Rui no tuvo que ponerse las gafas, se sabía de memoria lo que iba a decir, quería incentivar a aquella gente, a todo el mundo. «Realmente», cuando llegaba a puntos en que tenía que elegir las palabras que iba a usar después, pronunciaba un «realmente». El tiempo de esas sílabas era suficiente para engendrar la idea siguiente. En un instante, en una fracción, se fundían conceptos, voluntades y recuerdos. Se acordó de Mário Soares.

A distancia, Mário Soares me distingue enseguida. Me ha mirado antes de que el presentador dijese mi nombre completo, apellidos solemnes en una voz tan engolada como esta. Intento levantarme con elegancia, dar cada paso con elegancia, este es el momento en que están todos los ojos puestos en mí, lentes de máquinas y gente importante en este país. Amigo de sonreír, como yo, Mário Soares está al final del camino que me espera. Y estamos cara a cara, 1995, junio, día de Portugal, militares uniformados de ceremonia, de mariscal y general para arriba. Mário Soares coge la medalla del terciopelo, un hombre sostiene la caja, impecable, articulaciones en ángulo recto. Y me pone la medalla en la solapa de la chaqueta. Cuando nos damos la mano ya soy comendador, Orden Civil del Mérito Agrícola, Industrial y Comercial. En primer lugar pienso en mi tío Joaquim, no es una elección, me viene de repente la manera como me miraba cuando estaba hinchado de orgullo. Después pienso en mi madre, en mi padre, mi mujer, a quien le doy la mano, Alice, mi João Manuel y mi Helena, que también están cerca, pienso en los chavales, en Rui, en Rita, en Marcos y en Ivan, solo no pienso en los que aún no han nacido. Hace un día bonito, un junio bonito, pero no soy capaz de pensar en los que aún no han nacido.

El señor Rui acabó su discurso hablando de sus bisnietos, quietos por un instante, no demasiado avergonzados por la broma, arrimados a las piernas de sus madres y sus padres, la familia entera tras las espaldas del señor Rui, como si hablase por todos, *realmente*. A través de una voz controladora, los aplausos se transformaron en un «Cumpleaños feliz» en coro, toda aquella gente, eco de eco, como una tormenta, amplificación, todos juntos: «te deseamos, niño Rui». Con noventa años, bajo los aplausos, el niño Rui soplando las velas. Más aplausos.

Mientras un sistema de varias manos repartía porciones de tarta con gran eficiencia, una por segundo, el señor Rui se giraba hacia todos lados, agradeciendo felicitaciones, deseos de muchos años de vida, salud, salud, salud.

Su mujer le apretó la mano, le dijo que tenían que ir al auditorio. El señor Rui bajó la mirada sobre sus manos, Alice.

Cuando levanto la mirada de las manos, diez años, tengo a mi padre, mi madre, António, Cremilde y Clarisse mirándome.

Tras las palabras, en este silencio, permanece la atención con que me escucharon. La mesa del domingo preserva los restos de nuestra comida, mondas de manzana pelada por mi padre, huesos, migas de pan. Los objetos y las sombras están tan inmóviles como nosotros, ocupan este momento, existen en este momento como nosotros o, con más precisión, somos nosotros lo que existimos en este momento como objetos y sombras. Yo: padre, madre, António, Cremilde, Clarisse.

En la primera fila del auditorio, en el centro, el señor Rui y su mujer. Compartían el brazo de una butaca, la mano de él sobre la mano de ella, Rui-Alice. Enseguida, la mano de ella sobre la mano de él, Alice-Rui. Alrededor, también en la primera fila o inmediatamente detrás, en la segunda, estaban hijos, nietos, nueras, bisnietos. Con todos los asientos del auditorio ocupados, había personas sentadas en los escalones y de pie, apoyadas en la pared. Llegó al estrado una profesora, anunció el espectáculo de los niños del centro educativo. Alzó la voz para decir las primeras palabras sobre el murmullo de la multitud, que se calló casi de repente. Aquel silencio aumentó su nerviosismo, reconocible en dudas y risitas. Cuando bajaron las luces, dos o tres personas aprovecharon para toser.

Empezó la música, entraron los niños. Venían vestidos más o menos igual. Traían sacos de yute y se movían como si cargaran con ellos llenos, aunque estuviesen vacíos. Tras esa coreografía, una especie de gimnasia, se oyó la voz de un niño leyendo con buena entonación, contaba la historia del señor Rui, también él un niño, en Campo Maior, en los años treinta del siglo XX, la praça da República. Al señor Rui le hizo gracia que hubiese que explicar el siglo, como si hubiese dudas. Pero enseguida se dio cuenta de que era efectivamente necesario: todos aquellos niños desconocían aquel siglo. Con el paso de los años, lo desconocerían aún más. Sin embargo, allí eran niños en el escenario, representaban al niño que había sido él mismo, los compañeros que había tenido. Y sintió su lugar en la existencia, estoy aquí. Existe la vida, pero ¿qué existe por debajo de la vida? Mientras estamos viviendo, solo concentrados en la vida, ¿qué sucede más allá de eso, por debajo de eso? Estoy aquí, escuchó decir a una voz en su interior. En el escenario, el tiempo pasaba muy deprisa por los niños: diez años, incluyendo dudas y miedos, duraban diez minutos o menos. Eran niños del centro educativo, al que puso el nombre de su mujer, niños muy serios, intentando acertar en cada gesto, niños que tenían la edad con que el señor Rui conoció a su mujer. Dentro de aquel auditorio en Campo Maior, como dentro del tiempo, le pareció que tal vez la vida fuese una representación de la vida hecha por niños. Se acordó de un coche que tuvo en los años setenta. Se recordó caminando en medio de obras, en compañía de maestros de obras, las botas deshaciendo terrones de cemento seco. Se recordó escuchando la lectura del acta de las reuniones del pleno del Ayuntamiento, los días tantos del mes tal. Se acordó de su hermano António riéndose. Se acordó de aterrizar en São Paulo, buen calor para sudar. Se acordó del helicóptero en Timor. Se acordó de su yerno Joaquim Manuel. Se acordó de los alrededores de Luanda. Se acordó de la primera vez que decidió no cortarse el bigote. Se acordó de ir a ver a su mujer al hospital, todavía joven, y después, otras veces. Se acordó de recibir una llamada de su nieto, de su nieta, de otro nieto. Se acordó de saber que había muerto el ingeniero del Ayuntamiento, había muerto el gobernador civil, había muerto Marcello Caetano. Se acordó de las gafas de Marcello Caetano. Se acordó del velatorio de Mário Soares en el monasterio de los Jerónimos, la televisión. Se acordó de las fiestas del pueblo. Se acordó de estar con su madre, su padre y sus hermanos comiendo, domingo. Domingo. Estaba allí, noventa años, estoy aquí. En el escenario, los niños ya habían fundado Delta, ya habían dado empleo a muchos miles de personas, no solo en Campo Maior, ya habían fundado el propio centro educativo del cual formaban parte. Estoy aquí, repitió la voz en el interior del señor Rui, la voz que decía «yo». Y se dio cuenta de que, considerados desde aquel instante, el pasado y el futuro tenían el mismo tamaño. A veces, en el lateral del escenario, aparecían los brazos de la profesora, ansiosos, dando indicaciones a los niños. El espectáculo se acercaba a su fin, se notaba por la manera como bajaba la música. Entonces, el señor Rui sintió la presencia de su mujer a su lado, mil veces Alice, sintió la presencia de su hijo y de su hija, sintió a sus nietos y bisnietos uno a uno, sintió esa fuerza, la vida, sintió lo más profundo de aquel instante porque sabía que, al momento siguiente, acabaría el espectáculo y estallaría una explosión de aplausos.